今天有好事发生

文化发展出版社
Cultural Development Press
·北 京·

图书在版编目（CIP）数据

今天有好事发生 / 丰子恺等著 ; 姑苏阿焦绘. 北京 : 文化发展出版社，2025. 5. -- ISBN 978-7-5142-4657-5

Ⅰ. I266.1

中国国家版本馆CIP数据核字第2025GM8994号

今天有好事发生

著　　者：丰子恺等
绘　　者：姑苏阿焦

责任编辑：肖润征　　责任印制：杨　骏
策划编辑：胡　峰　　责任校对：岳智勇　马　瑶
封面设计：李果果
出版发行：文化发展出版社（北京市翠微路2号 邮编：100036）
网　　址：www.wenhuafazhan.com
经　　销：全国新华书店
印　　刷：河北鸿运腾达印刷有限公司

开　　本：880mm × 1230mm　1/32
字　　数：155千字
印　　张：7
版　　次：2025年5月第1版
印　　次：2025年5月第1次印刷

定　　价：49.80元
I S B N：978-7-5142-4657-5

◆ **如有印装质量问题，请电话联系：010-68567015**

世界就是一个巨大的“草台班子”，

用快乐去回击过去每一个糟糕的日子。

生活的美好，总在你不经意的时候，

盛装莅临。

你的努力都会被时光沉淀下来，

等到时机成熟时，

会加倍回报给你。

忙而有度，

闲而有趣，

用自己喜欢的方式取悦自己。

不要急着让生活给予你所有的答案，

人生总会有不期而遇的温暖和

生生不息的希望。

只要内心不乱，

外界就很难改变你什么。

不要艳羡他人，

不要输掉自己。

只要一直在变好，

慢一点也没关系。

相信日日是好日，

事事是好事！

不论你现在正在经历多少困难，

恭喜你，好运正在路上。

你的低谷期已经过去，

翻身的机会就在眼前。

生活艺术化

姑苏阿焦

生活一定会把压轴的好运留给你，

当你足够努力，

幸运总会与你不期而遇。

人生就是不断祛魅的过程。

在这个快节奏的世界，

即使是普通平凡的我们也无须过度焦虑内耗。

去想去的地方，去看想看的风景。

大口喝酒，

大口吃肉，

酣畅淋漓地享受当下，

才是最好的活法。

不想做的事可以拒绝，

做不到的事不用勉强。

当你学会和世界和解时，

你会发现世界豁然开朗。

人生最真实的幸福，

是灯火阑珊的温柔和

柴米油盐的充实。

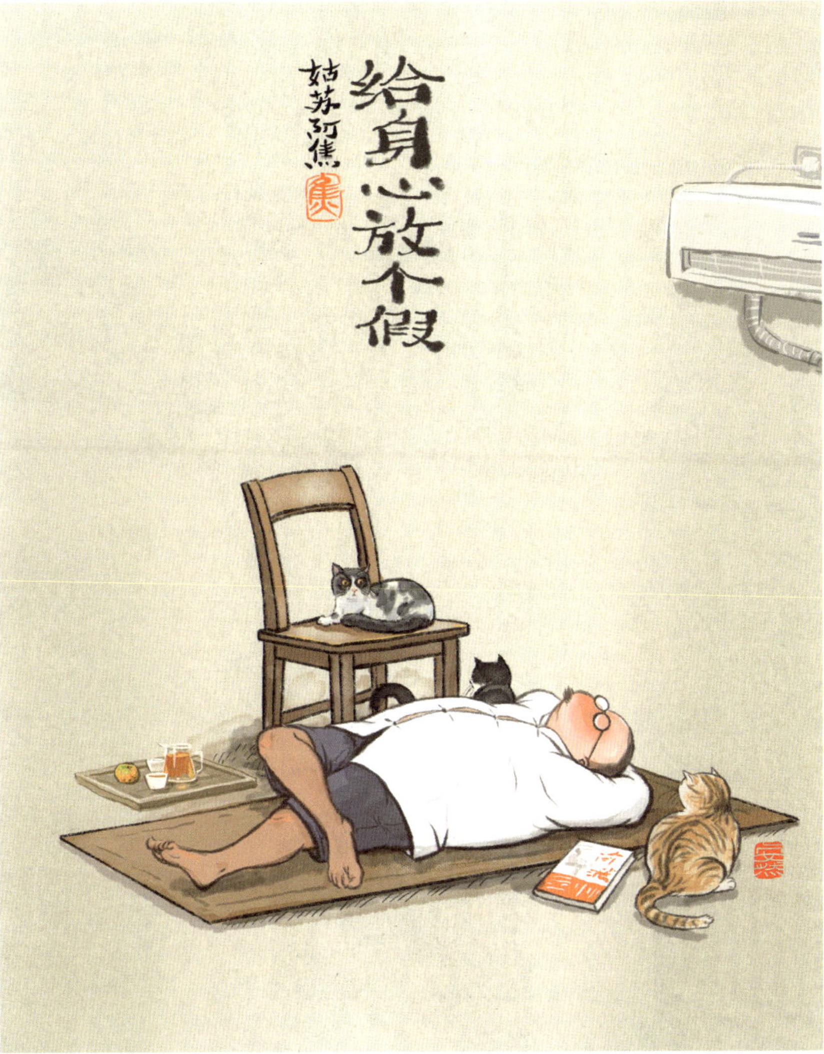

你的人生不是用来讨好所有人的，

而是善待自己。

清苦的生活需要自己加糖，

疲惫的生活需要自己放假。

世界并不完美，人生要学会祛魅。

放下焦虑，接受每一个阶段的自己。

允许出错，允许一切，如其所是。

目录

辑一

日子很好，我很好

辑二

今天你会有好事发生

辑三

人间一趟，快乐至上

辑四

不要焦虑，让我陪你去热爱世界

辑一

日子很好，我很好

7

谈酒

这个年头儿，喝酒倒是很有意思的。我虽是京兆人，却生长在东南的海边，是出产酒的有名地方。我的舅父和姑父家里时常做几缸自用的酒，但我终于不知道酒是怎么做法，只觉得所用的大约是糯米，因为儿歌里说："老酒糯米做，吃得变nio-nio"——末一字是本地叫猪的俗语。

做酒的方法与器具似乎都很简单，只有煮的时候的手法极不容易，非有经验的工人不办，平常做酒的人家大抵聘请一个人来，俗称"酒头工"，以自己不能喝酒者为最上，叫他专管鉴定煮酒的时节。有一个远房亲戚，我们叫他"七斤公公"——他是我舅父的族叔，但是在他家里做短工，所以舅母只叫他作"七斤老"，有时也听见她叫"老七斤"，是这样的酒头工，每年去帮人家做酒，他喜吸旱烟，说玩话，打麻将，但是不大喝酒（海边的人喝一两碗是不算能喝，照市价计算也不值十文钱的酒），所以生意很好，时常跑一二百里路被招到诸暨嵊县去。据他说这实在并不难，只须走到缸边屈着身听，听见里边起泡的声音切切察察的，好像是螃蟹吐沫（儿童称为蟹煮饭）的样子，便拿来煮就得了；早一点酒还未成，迟一点就变酸了。

但是怎么是恰好的时期，别人仍不能知道，只有听熟的耳朵才能够断定，正如古董家的眼睛辨别古物一样。

大人家饮酒多用酒盅，以表示其斯文，实在是不对的。正当的喝法是用一种酒碗，浅而大，底有高足，可以说是古已有之的香槟杯。平常起码总是两碗，合一“串筒”，价值似是六文一碗。串筒略如倒写的凸字，上下部如一与三之比，以洋铁为之，无盖无嘴，可倒而不可筛，据好酒家说酒以倒为正宗，筛出来的不大好吃。唯酒保好于量酒之前先“荡”（置水于器内，摇荡而洗涤之谓）串筒，荡后往往将清水之一部分留在筒内，客嫌酒淡，常起争执，故喝酒老手必先戒堂倌勿荡串筒，并监视其量好放在温酒架上。能饮者多索竹叶青，通称曰“本色”，“元红”系状元红之略，则着色者，唯外行人喜饮之。在外省有所谓花雕者，唯本地酒店中却没有这样东西。相传昔时人家生女，则酿酒贮花雕（一种有花纹的酒坛）中，至女儿出嫁时用以饷客，但此风今已不存，嫁女时偶用花雕，也只临时买元红充数，饮者不以为珍品。有些喝酒的人预备家酿，却有极好的，每年做醇酒若干坛，按次第埋园中，二十年后掘取，即每岁皆得饮二十年陈的老酒了。此种陈酒例不发售，故无处可买，我只有一回在旧日业师家里喝过这样好酒，至今还不曾忘记。

我既是酒乡的一个土著，又这样的喜欢谈酒，好像一定是个与“三酉”结不解缘的酒徒了。其实却大不然。我的父亲是很能喝酒的，我不知道他可以喝多少，只记得他每晚用花生米水果等下酒，且喝且谈天，至少要花费两点钟，恐怕所喝的酒一定很不少了。但我却是不肖，不，或者可以说有志未逮，因为我很喜欢喝酒而不会喝，所以每逢酒宴我总是第一个醉与脸红的。自从辛酉患病后，医生叫我喝酒以代药饵，定量是勃阑地每回二十格阑姆，蒲桃酒与老酒等倍之，六年以后酒量一点没有进步，到现在只要喝下一百格阑姆的花雕，便立刻变成关夫子了。……有些有不醉之量的，愈饮愈是脸白的朋友，我觉得非常可以欣羡，只可惜他们愈能喝酒便愈不肯喝酒，好像是美人之不肯显示她的颜色，这实在是太不应该了。

黄酒比较的便宜一点，所以觉得时常可以买喝，其实别的酒也未尝不好。白干于我未免过凶一点，我喝了常怕口腔内要起泡，山西的汾酒与北京的莲花白虽然可喝少许，也总觉得不很和善。日本的清酒我颇喜欢，只是仿佛新酒模样，味道不很静定。蒲桃酒与橙皮酒都很可口，但我以为最好的还是勃阑地。我觉得西洋人不很能够了解茶的趣味，至于酒则很有工夫，决不下于中国。天天喝洋酒当然是一个大的漏卮，正如吸烟卷一般，但不必一定进国货党，咬定牙根要抽净丝，随便喝一点什么酒其实都是无所不可的，至少是我个人这样想。

喝酒的趣味在什么地方？这个我恐怕有点说不明白。有人说，酒的乐趣是在醉后的陶然的境界。但我不很了解这个境界是怎样的，因为我自饮酒以来似乎不大陶然过，不知怎的我的醉大抵都只是生理的，而不是精神的陶醉。所以照我说来，酒的趣味只是在饮的时候，我想悦乐大抵在做的这一刹那，倘若说是陶然那也当是杯在口的一刻吧。醉了，困倦了，或者应当休息一会儿，也是很安舒的，却未必能说酒的真趣是在此间。昏迷，梦魇，呓语，或是忘却现世忧患之一法门；其实这也是有限的，倒还不如把宇宙性命都投在一口美酒里的耽溺之力还要强大。我喝着酒，一面也怀着“杞天之虑”，生恐强硬的礼教反动之后将引起颓废的风气，结果是借醇酒妇人以避礼教的迫害，沙宁（Sanin）时代的出现不是不可能的。但是，或者什么运动都未必彻底成功，青年的反拨力也未必怎么强盛，那么杞天终于只是杞天，仍旧能够让我们喝一口非耽溺的酒也未可知。倘若如此，那时喝酒又一定另外觉得很有意思了吧？

我们看夕阳，看秋河，看花，听雨，闻香，喝不求解渴的酒，吃不求饱的点心。

——周作人

抬头见喜

对于时节，我向来不特别的注意。拿清明说吧，上坟烧纸不必非我去不可，又搭着不常住在家乡，所以每逢看见柳枝发青便晓得快到了清明，或者是已经过去。对重阳也是这样，生平没在九月九登过高，于是重阳和清明一样的没有多大作用。

端阳，中秋，新年，三个大节可不能这么马虎过去。即使我故意躲着它们，账条是不会忘记了我的。也奇怪，一个无名之辈，到了三节会有许多人惦记着，不但来信，送账条，而且要找上门来！

设若故意躲着借款，着急，设计自杀等等，而专讲三节的热闹有趣那一面儿，我似乎是最喜爱中秋。“似乎”，因为我实在不敢说准了。幼年时，中秋必是个很可喜的节，要不然我怎么还记得清清楚楚那些“兔儿爷”的样子呢？有“兔儿爷”玩，这个节必是过得十二分有劲。可是从另一方面说，至少有三次喝醉是在中秋；酒入愁肠呀！所以说“似乎”最喜爱中秋。

事真凑巧，这三次“非杨贵妃式”的醉酒我还都记得很清楚。那么，就说上一说呀。第一次是在北平，我正住在翊教寺一家公寓里。好友卢嵩庵从柳泉居运来一坛子“竹叶青”，又约来两位朋友——内中有一位是不会喝的——大家就抄起茶碗来。坛子虽大，架不住茶碗一个劲进攻；月亮还没上来，坛子已空。干什么去呢？打牌玩吧。各拿出铜元百枚，约合大洋七角多，因这是古时候的事了。第一把牌将立起来，不晓得——至今还不晓得——我怎么上了床。牌必是没打成，因为我一睁眼已经红日东升了。

第二次是在天津，和朱荫棠在同福楼吃饭，各饮绿茵陈二两。吃完饭，到一家茶肆去品茗。我朝窗坐着，看见了一轮明月，我就吐了。这回决不是酒的作用，毛病是在月亮。

第三次是在伦敦。那里的秋月是什么样子，我说不上来——也许根本没有月亮其物。中国工人俱乐部里有多人凑热闹，我和沈刚伯也去喝酒。我们俩喝了两瓶葡萄酒。酒是用葡萄还是葡萄叶儿酿的，不可得而知，反正价钱很便宜；我们俩自古至今总没作过财主。喝完，各自回寓所。一上公众汽车，我的脚忽然长了眼睛，专找别人的脚尖去踩。这回可不是月亮的毛病。

对于中秋，大致如此——无论如何也不能说它坏。就此打住。

至若端阳，似乎可有可无。粽子，不爱吃。城隍爷现在也不出巡；即使再出巡，大概也没有跟随着走几里路的兴趣。樱桃真是好东西，可惜被黑白桑葚给带累坏了。

新年最热闹，也最没劲，我对它老是冷淡的。自从一记事儿起，家中就似乎很穷。爆竹总是听别人放，我们自己是静寂无哗。记得最真的是家中一张《王羲之换鹅图》。每逢除夕，母亲必把它从个神秘的地方找出来，挂在堂屋里。姑母就给说那个故事；到如今还不十分明白这故事到底有什么意思，只觉得“王羲之”三个字倒很响亮好听。后来入学，读了《兰亭序》，我告诉先生，王羲之是在我的家里。

长大了些，记得有一年的除夕，大概是光绪三十年前的一二年，母亲在院中接神，雪已下了一尺多厚。高香烧起，雪片由漆黑的空中落下，落到火光的圈里，非常的白，紧接着飞到火苗的附近，舞出些金光，即行消灭；先下来的灭了，上面又紧跟着下来许多，像一把“太平花”倒放。我还记着这个。我也的确感觉到，那年的神仙一定是真由天上回到世间。

中学的时期是最忧郁的，四五个新年中只记得一个，最凄凉的一个。那是头一次改用阳历，旧历的除夕必须回学校去，不准请假。姑母刚死两个多月，她和我们同住了三十年的样子。她有时候很厉害，但大体上说，她很爱我。哥哥当差，不能回来。家中只剩母亲一人。我在四点多钟回到家中，母亲并没有把“王羲之”找出来。吃过晚饭，我不能不告诉母亲了——我还得回校。她愣了半天，没说什么。我慢慢的走出去，她跟着走到街门。摸着袋中的几个铜子，我不知道走了多少时候，才走到了学校。路上必是很热闹，可是我并没看见，我似乎失了感觉。到了学校，学监先生正在学监室门口站着。他先问我：“回来了？”我行了个礼。他点了点头，笑着叫了我一声：“你还回去吧。”这一笑，永远印在我心中。假如我将来死后能入天堂，我必把这一笑带给上帝去看。

我好像没走就又到了家，母亲正对着一枝红烛坐着呢。她的泪不轻易落，她又慈善又刚强。见我回来了，她脸上有了笑容，拿出一个细草纸包儿来：“给你买的杂拌儿，刚才一忙，也忘了给你。”母子好像有千言万语，只是没精神说。早早的就睡了。母亲也没精神。

中学毕业以后，新年，除了为还债着急，似乎已和我不发生关系。我在哪里，除夕便由我照管着哪里。别人都回家去过年，我老是早早关上门，在床上听着爆竹响。平日我也好吃个嘴儿，到了新年反倒想不起弄点什么吃，连酒也不喝。在爆竹稍静了些的时节，我老看见些过去的苦境。可是我既不落泪，也不狂歌，我只静静地躺着。躺着躺着，多处烛光在壁上幻出一个“抬头见喜”，那就快睡去了。

生活是一种律动，须有光有影，有左有右，有晴有雨，滋味就在这变而不猛的曲折里，微微暗些，再明起来，则暗得有趣，而明乃更明。

——老舍

可爱的成都

到成都来，这是第四次。第一次是在四年前，住了五六天，参观全城的大概。第二次是在三年前，我随同西北慰劳团北征，路过此处，故仅留二日。第三次是慰劳归来，过此小住，留四日，见到不少的老朋友。这次——第四次——是受冯焕璋先生之约，去游灌县与青城山，由山上下来，顺便在成都玩几天。

成都是个可爱的地方。对于我，它特别的可爱，因为：

（一）我是北平人，而成都有许多与北平相似之处，稍稍使我减去些乡思。到抗战胜利后，我想，我总会再来一次，多住些时候，写一部以成都为背景的小说。在我的心中，此地方好像也都很像人似的，有个性格。我不喜上海，因为我抓不住它的性格，说不清它到底是怎么一回事。我不能与我所不明白的人交朋友，也不能描写我所不明白的地方。对成都，真的，我知道的事情太少了；但是，我相信会借它的光儿写出一点东西来。我似乎已看到了它的灵魂，因为它与北平相似。

（二）我有许多老友在成都。有朋友的地方就是好地方。这诚然是个人的偏见，可是恐怕谁也免不了这样去想吧。况且成都的本身已经是可爱的呢。八年前，我曾在齐鲁大学教过书。“七七”抗战后，我又由青岛移回济南，仍住齐大。我由济南流亡出来，我的妻小还留在齐大，住了一年多。齐大在济南的校舍现在已被敌人完全占据，我的与朋友们的一切书籍器物已被劫一空，那么，今天又能在成都会见共患难的老友，是何等的快乐呢！衣物、器具、书籍，丢失了，有什么关系！我们还有命，还能各守岗位地去忍苦抗敌，这就值得共进一杯酒了！抗战前，我在山东大学也教过书。这次，在华西坝，无意中地也遇到几位山大的老友，“惊喜欲狂”一点也不是过火的形容。一个人的生命，我以为，是一半儿活在朋友中的。假若这句话没有什么错误，我便不能不“因人及地”地喜爱成都了。啊，这里还有几十位文艺界的友人呢！与我的年纪差不多的，如郭子杰、叶圣陶、陈翔鹤诸先生，握手的时节，不知为何，不由得就彼此先看看头发——都有不少根白的了，比我年纪轻一点的呢，虽然头发不露痕迹，可是也都显着消瘦，霜鬓瘦脸本是应该引起悲愁的事，但是，为了抗战而受苦，为了气节而不肯折腰，瘦弱衰老不是很自然的结果么？这真是悲喜俱来，另有一番滋味了！

（三）我爱成都，因为它有手有口。先说手，我不爱古玩，第一因为不懂，第二因为没有钱。我不爱洋玩艺，第一因为它们洋气十足，第二因为没有美金。虽不爱古玩与洋东西，但是我喜爱现代的手造的相当美好的小东西。假若我们今天还能制造一些美好的物件，便是表示了我们民族的爱美性与创造力仍然存在，并不逊于古人。中华民族在雕刻、图画、建筑、制铜、造瓷……上都有特殊的天才。这种天才在造几张纸，制两块墨砚，打一张桌子，漆一两个小盒上都随时地表现出来。美的心灵使他们的手巧。我们不应随便丢失了这颗心。因此，我爱现代的手造的美好的东西。北平有许多这样的好东西，如地毯、珐琅、玩具……但是北平还没有成都这样多。成都还存着我们民族的巧手。我绝对不是反对机械，而只是说，我们在大的工业上必须采取西洋方法，在小工业上则须保存我们的手。谁知道这二者有无调谐的可能呢？不过，我想，人类文化的明日，恐怕不是家家造大炮，户户有坦克车，而是要以真理代替武力，以善美代替横暴。果然如此，我们便应想一想是否该把我们的心灵也机械化了吧？次说口：成都人多数健谈。文化高的地方都如此，因为“有”话可讲。但是，这且不在话下。

这次，我听到了川剧，洋琴与竹琴。川剧的复杂与细腻，在重庆时我已领略了一点。到成都，我才听到真好的川剧。很佩服贾佩之、萧楷成、周企何诸先生的口。我的耳朵不十分笨，连昆曲——听过几次之后——都能哼出一句半句来。可是，已经听过许多次川剧，我依然一句也哼不出。它太复杂，在牌子上，在音域上，恐怕它比任何中国的歌剧都复杂得好多。我希望能用心地去学几句。假若我能哼上几句川剧来，我想，大概就可以不怕学不会任何别的歌唱了。竹琴本很简单，但在贾树三的口中，它变成极难唱的东西。他不轻易放过一个字去，他用气控制着情，他用“抑”逼出“放”，他由细嗓转到粗嗓而没有痕迹。我希望成都的口，也和它的手一样，能保存下去。我们不应拒绝新的音乐，可也不应把旧的扫灭。恐怕新旧相通，才能产出新的而又是民族的东西来吧。

还有许多话要说，但是很怕越说越没有道理，前边所说的那一点恐怕已经是糊涂话啊！且就这机会谢谢侯宝璋先生给我在他的客室里安了行军床，吴先忧先生领我去看戏与洋琴，“文协”分会会员的招待，以及朋友们的赏酒饭吃！

经验就是生活中最重要的催化剂，有什么样的经验就会变成什么样的人，就像在沙漠里养不出牡丹一样。

——老舍

几个欢快的日子

人们跳着舞，“牵牛房”那一些人们每夜跳着舞。过旧年那夜，他们就在茶桌上摆起大红蜡烛，他们摹仿着供财神，拜祖宗。灵秋穿起紫红绸袍，黄马褂，腰中配着黄腰带，他第一个跑到神桌前。老桐又是他那一套，穿起灵秋太太瘦小的旗袍，长短到膝盖以上，大红的脸，脑后又是用红布包起笤帚把柄样的东西，他跑到灵秋旁边，他们俩是一致的，每磕一下头，口里就自己喊一声口号：一、二、三……不倒翁样不能自主地倒下又起来。后来就在地板上烘起火来，说是过年都是烧纸的……这套把戏玩得熟了，惯了！不是过年，也每天来这一套，人们看得厌了！对于这事冷淡下来，没有人去大笑，于是又变一套把戏：捉迷藏。

客厅是个捉迷藏的地盘，四下窜走，桌子底下蹲着人，椅子倒过来扣在头上顶着跑，电灯泡碎了一个。蒙住眼睛的人受着大家的玩戏，在那昏庸的头上摸一下，在那分张的两手上打一下。有各种各样的叫声，蛤蟆叫，狗叫，猪叫还有人在装哭。要想捉住一个很不容易，从客厅的四个门会跑到那些小屋去。有时瞎子就摸到小屋去，从门后扯出一个来，也有时误捉了灵秋的小孩。虽然说不准向小屋跑，但总是跑。后一次瞎子摸到王女士的门扇。

“那门不好进去。”有人要告诉他。

“看着，看着不要吵嚷！”又有人说。

全屋静下来，人们觉得有什么奇迹要发生。瞎子的手接触到门扇，他触到门上的铜环响，眼看他就要进去把王女士捉出来，每人心里都想着这个：看他怎样捉啊！

“谁呀！谁？请进来！”跟着很脆的声音开门来迎接客人了！以为她的朋友来访她。

小浪一般冲过去的笑声，使摸门的人脸上的罩布脱掉了，红了脸。王女士笑着关了门。

玩得厌了！大家就坐下喝茶，不知从什么瞎话上又拉到正经问题上。于是“做人”这个问题使大家都兴奋起来。

——怎样是“人”，怎样不是“人”？

“没有感情的人不是人。”

“没有勇气的人不是人。”

“冷血动物不是人。”

“残忍的人不是人。”

“有人性的人才是人。”

“……”

每个人都会规定怎样做人。有的人他要说出两种不同做人的标准。起首是坐着说，后来站起来说，有的也要跳起来说。

“人是情感的动物，没有情感就不能生出同情，没有同情那就是自私，为己……结果是互相杀害，那就不是人。”那人的眼睛睁得很圆，表示他的理由充足，表示他把人的定义下得准确。

“你说的不对，什么同情不同情，就没有同情，中国人就是冷血动物，中国人就不是人。”第一个又站了起来，这个人他不常说话，偶然说一句使人很注意。

说完了，他自己先红了脸，他是山东人，老桐学着他的山东调：

“老猛（孟），你使（是）人不使（是）人？”

许多人爱和老孟开玩笑，因为他老实，人们说他像个大姑娘。

“浪漫诗人”，是老桐的绰号。他好喝酒，让他作诗不用笔就能一套连着一套，连想也不用想一下。他看到什么就给什么作个诗；朋友来了他也作诗：

“梆梆梆敲门响，呀！何人来了？”

总之，就是猫和狗打架，你若问他，他也有诗，他不喜欢谈论什么人啦！社会啦！他躲开正在为了“人”而吵叫的茶桌，摸到一本唐诗在读：

“昨日之……日不可留……今日之日……多……烦……忧。”读得有腔有调，他用意就在打搅吵叫的一群。郎华正在高叫着：

“不剥削人，不被人剥削的就是人。”

老桐读诗也感到无味。

“走！走啊！我们喝酒去。”

他看一看只有灵秋同意他，所以他又说：

“走，走，喝酒去。我请客……”

客请完了！差不多都是醉着回来。郎华反反复复地唱着半段歌，是维特别离绿蒂的故事，人人喜欢听，也学着唱。

听到哭声了！正像绿蒂一般年轻的姑娘被歌声引动着，哪能不哭？是谁哭？就是王女士。单身的男人在客厅中也被感动了，倒不是被歌声感动，而是被少女的明脆而好听的哭声所感动，在地心不住地打着转。尤其是老桐，他贪婪的耳朵几乎竖起来，脖子一定更长了点，他到门边去听，他故意说：

"哭什么？真没意思！"

其实老桐感到很有意思，所以他听了又听，说了又说："没意思。"

不到几天，老桐和那女士恋爱了！那女士也和大家熟识了！也到客厅来和大家一道跳舞。从那时起，老桐的胡闹也是高等的胡闹了！

在王女士面前，他耻于再把红布包在头上，当灵秋叫他去跳滑稽舞的时候，他说：

"我不跳啦！"一点兴致也不表示。

等王女士从箱子里把粉红色的面纱取出来：

"谁来当小姑娘，我给他化装。"

"我来，我……我来……"老桐他怎能像个小姑娘？他像个长颈鹿似的跑过去。

他自己觉得很好的样子，虽然是胡闹，也总算是高等的胡闹。头上顶着面纱，规规矩矩地、平平静静地在地板上动着步。但给人的感觉无异于他脑后的颤动着红扫帚柄的感觉。

别的单身汉，就开始羡慕幸福的老桐。可是老桐的幸福还没十分摸到，那女士已经和别人恋爱了！

所以"浪漫诗人"就开始作诗。正是这时候他失一次盗：丢掉他的毛毯，所以他就作诗“哭毛毯”。哭毛毯的诗作得很多，过几天来一套，过几天又来一套。朋友们看到他就问：

“你的毛毯哭得怎样了？”

我不能决定怎么生，怎么死。但我可以决定怎样爱，怎样活。

——萧红

快活得要飞了

从二十八岁起练习写作，至今已有整十二年。在这十二年里，有三次真的快活——快活得连话也说不出，心里笑而泪在眼圈中。第一次是看到自己的第一本书印了出来。几个月的心血，满稿纸的勾抹点画，忽然变成一本很齐整的小书！每个铅字都静静的，黑黑的，在那儿排立着，一定与我无关，而又颇面善！生命的一部分变成了一本书！我与它似乎并没有多大关系，因为我决不会排字与钉书，或像产生小孩似的从身体里降落下八开本或十二开本。可是，我又与它极有关系，像我的耳目口鼻那样绝属于我自己，丑俊大小都没法再改，而自己的鼻子虽歪，也要对镜找出它的美点来呀！

第二次是当我的小女刚学会走路的时候，我离家两三天；回来，我刚一进门，她便晃晃悠悠的走来了，抱住我的腿不放。她没说什么——事实上她还没学会多少话；我也无言——我的话太多了，所以反倒不知说什么好。默默的，我与她都表现了父与女所能有的亲热与快乐。

第三次是在汉口，全国文艺界抗敌协会开筹备会的那一天。未到汉口之前，我一向不大出门，所以见到文艺界朋友的机会就很少。这次，一会到便是几十位！他们的笔名，我知道；他们的作品，我读过。今天，我看了他们的脸，握了他们的手。笔名，著作，写家，一齐联系起来，我仿佛是看着许多的星，哪一颗都在样子上差不多，可是都自成一个世界。这些小世界里的人物的创造者，和咱们这世界里的读众的崇拜者，就是坐在我面前的这些人！

可是，这还不足使我狂喜。几十个人都说了话，每个人的话都是那么坦白诚恳，啊，这才到了我喜得落泪的时候。这些人，每个人有他特别的脾气，独具的见解，个人的爱恶，特有的作风。因此，在平日他们就很难免除自是与自傲。自己的努力使每个人孤高自赏，自己的成就产生了自信；文人相轻，与其说是一点毛病，还不如说是因努力而自信的必然结果。可是，这一天，得见大家的脸，听到大家的话。在他们的脸上，我找到了为国家为民族的悲愤；在他们的话中，我听出团结与互助的消息。在国旗前，他低首降心，自认藐小；把平日个人的自是改为团结的信赖，把平日个人的好尚改作共同的爱恶——全民族的爱恶。在这种情感中，大家亲爱的握手，不客气地说出彼此的短长，真诚演为谅解。这是何等的胸襟与气度呢！

在全部的中国史里，要找到与这类似的事实，恐怕很不容易吧？因为在没有认清文艺是民族的呼声以前，文人只能为自己道出苦情，或进一步而嗟悼——是嗟悼！——国破家亡；把自己放在团体里充一名战士，去复兴民族，维护正义，是万难作到的。今天，我们都作到了这个，因为新文艺是国民革命中产生出的，文艺者根本是革命的号兵与旗手。他们今日的集合，排成队伍，绝不是偶然的。这不是乌合之众，而是战士归营，各具杀敌的决心，以待一齐杀出。这么着，也只有这么着，我们才足以自证是时代的儿女，把民族复兴作为共同的意志与信仰，把个人的一切放在团体里去，在全民族抗敌的肉长城前有我们的一座笔阵。这还不该欣喜么？

我等着，等到开大会的那一天，我想我是会乐疯了的！

人是为明天活着的，因为记忆中有朝阳晓露；假若过去的早晨都似地狱那么黑暗丑恶，盼明天干吗呢？

——老舍

Ajiao

爱竹

我对于植物的竹有一种偏爱，因此对于竹器有特别的爱好。首先是竹榻，夏天凉飕飕的顶好睡，尤其赤着膊，唯一的缺点是竹条的细缝会得挟住了背上的“寒毛”，比蚊子咬还要痛。有一种竹汗衫，说起来有点相像，用长短粗细一定 竹枝，穿成短衫，衬在衣服内，有隔汗的功用，也是很好的，也就是有夹肉的毛病。

此外竹的用处，如笔，手杖，筷子，晾竿，种种编成的筐子，盒子，簟席，凳椅，说不尽的各式器具。竹的服装比较的少，除汗衫外，只有竹笠。我又从竹工专家的章福庆（“闰土”的父亲）那里看见过“竹屐”，这是他个人的发明，用半截毛竹钉在鞋底上，在下雨天穿了，同钉鞋一样走路。不见有第二个人穿过，但他的崭新的创意，这里总值得加以纪录的。

这时首先令人记忆起的，是宋人的一篇《黄冈竹楼记》。这是专讲用竹子构造的房子，我因小时候的影响，所以很感得一种向往，不敢想得到这么一所房子来住，对于多竹的地方总是觉得很可爱好的。用竹来建筑，竹劈开一半，用作“水溜”，大概是顶好的，此外多少有些缺点，这便是竹的特点，它爱裂开，有很好的竹子本可做柱，因此就有了问题了。细的竹竿晒晾衣服，又总有裂缝，除非是长久泡在水里的“水竹管”，这才不会得开裂。假如有了一间好好的竹房，却到处都是裂缝，也是十分扫兴的事，因此推想起来，这在事实上大抵是不可能的了。

不得已而思其次，是在有竹的背景里，找这么一个住房，便永远与竹为邻。竹的好处我曾经说过，因为它好看，而且有用。树木好看的，特别是我主观选定的也并不少，有如杨柳、梧桐、棕榈等皆是，只是用处较差，柳与桐等木材与棕皮都是有用的东西，可是比起竹来，还相形见绌，它们不能吃，就是没有竹笋。爱竹的缘故说了一大篇，似乎是很“雅”，结果终于露出了马脚，归根结底是很俗的，为的爱吃笋。说起竹谁都喜爱，似乎这代表“南方”，黄河以南的人提到竹，差不多都感到一种“乡愁”，但这严格的说来，也是很俗的乡愁罢了。将来即使不能到处种竹，竹器和竹笋能利用交通工具，迅速运到，那末这种乡愁已就不难消灭了。

我们于日用必需的东西以外，必须还有一点无用的游戏与享乐，生活才觉得有意思。

——周作人

白马湖之冬

在我过去四十余年的生涯中，冬的情味尝得最深刻的，要算十年前初移白马湖的时候了。十年以后，白马湖已成了一个小村落，当我移居的时候，还是一片荒野。春晖中学的新建筑巍然矗立于湖的那一面，湖的这一面的山脚下是小小的几间新平房，住着我和刘君心如两家。此外两三里内没有人烟。一家人于阴历十一月下旬从热闹的杭州移居这荒凉的山野，宛如投身于极带中。

那里的风，差不多日日有的，呼呼作响，好像虎吼。屋宇虽系新建，构造却极粗率，风从门窗隙缝中来，分外尖削，把门缝窗隙厚厚地用纸糊了，椽缝中却仍有透入。风刮得厉害的时候，天未夜就把大门关上，全家吃毕夜饭即睡入被窝里，听着寒风的怒号，湖水的澎湃。靠山的小轩，算是我的书斋，在全屋子中风最少的一间，我常把头上的罗宋帽拉得低低的，在洋灯下工作至夜深。松涛如吼，霜月当窗，饥鼠吱吱在承尘上奔窜。我于这种时候深感到萧瑟的诗趣，常独自拨划着炉灰，不肯就睡，把自己拟诸山水画中的人物，作种种幽邈的遐想。

现在白马湖到处都是树木了，当时尚一株树木都未种。月亮与太阳都是整个儿的，从上山起直要照到下山为止。太阳好的时候，只要不刮风，那真和暖得不像冬天。一家人都坐在庭间曝日，甚至于吃午饭也在屋外，像夏天的晚饭一样。日光晒到哪里，就把椅凳移到哪里，忽然寒风来了，只好逃难似的各自带了椅凳逃入室中，急急把门关上。在平常的日子，风来大概在下午快要傍晚的时候，半夜即息。至于大寒风，那是整日夜狂吼，要二三日才止的。最严寒的几天，泥地看去惨白如水门汀，山色冻得发紫而黯，湖波泛深蓝色。

下雪原是我所不憎厌的，下雪的日子，室内分外明亮，晚上差不多不用燃灯。远山积雪足供半个月的观看，举头即可从窗中望见。可是究竟是南方，每冬下雪不过一两次。我在那里所日常领略的冬的情味，几乎都从风来。白马湖的所以多风，可以说有着地理上的原因。那里环湖都是山，而北首却有一个半里阔的空隙，好似故意张了袋口欢迎风来的样子。白马湖的山水和普通的风景地相差不远，唯有风却与别的地方不同。风的多和大，凡是到过那里的人都知道的，风在冬季的感觉中，自古占有重要的因素，而白马湖的风尤其特别。

现在，一家僦居上海多日了，偶然于夜深人静时听到风声，大家就要提起白马湖来，说“白马湖不知今夜又刮得怎样厉害哩”！

明日事自有明日，且莫负此梧桐月色也。

——夏丏尊

闲居

闲居，在生活上人都说是不幸的，但在情趣上我觉得是最快适的了。假如国民政府新定一条法律：“闲居必须整天禁锢在自己的房间里”，我也不愿出去干事，宁可闲居而被禁锢。

在房间里很可以自由取乐；如果把房间当作一幅画看的时候，其布置就如画的“置陈”了。譬如书房，主人的座位为全局的主眼，犹之一幅画中的middle point（中心点），须居全幅中最重要的地位。其他自书架、几、椅、藤床、火炉、壁饰、自鸣钟，以至痰盂、纸簏等，各以主眼为中心而布置，使全局的焦点集中于主人的座位，犹之画中的附属物、背景，均须有护卫主物、显衬主物的作用。这样妥帖之后，人在里面，精神自然安定、集中，而快适。这是谁都懂得，谁都可以自由取乐的事。虽然有的人不讲究自己的房间的布置，然走进一间布置很妥帖的房间，一定谁也觉得快适。这可见人都会鉴赏，鉴赏就是被动的创作，故可说这是谁也懂得，谁也可以自由取乐的事。

我在贫乏而粗末的自己的书房里，常常欢喜作这个玩意儿。把几件粗陋的家具搬来搬去，一月中总要搬数回。搬到痰盂不能移动一寸，脸盆架子不能旋转一度的时候，便有很妥帖的位置出现了。那时候我自己坐在主眼的座上，环视上下四周，君临一切。觉得一切都朝宗于我，一切都为我尽其职司，如百官之朝天，众星之拱北辰。就是墙上一只很小的钉，望去也似乎居相当的位置，对全体为有机的一员，对我尽专任的职司。我统御这个天下，想象南面王的气概，得到几天的快适。

有一次我闲居在自己的房间里，曾经对自鸣钟寻了一回开心。自鸣钟这个东西，在都会里差不多可说是无处不有，无人不备的了。然而它这张脸皮，我看惯了真讨厌得很。罗马字的还算好看；我房间里的一只，又是粗大的数学码子的。数学的九个字，我见了最头痛，谁愿意每天做数学呢！有一天，大概是闲日月中的闲日，我就从墙壁上请它下来，拿油画颜料把它的脸皮涂成天蓝色，在上面画几根绿的杨柳枝，又用硬的黑纸剪成两只飞燕，用糨糊粘住在两只针的尖头上。这样一来，就变成了两只燕子飞逐在杨柳中间的一幅圆额的油画了。凡在三点二十几分、八点三十几分等时候，画的构图就非常妥帖，因为两只飞燕适在全幅中稍偏的位置，而且追随在一块，画面就保住均衡了。辨识时间，没有数目字也是很容易的：针向上垂直为十二时，向下垂直为六时，向左水平为九时，向右水平为三时。这就是把圆周分为四个quarter（一刻钟），是肉眼也很容易办到的事。一个quarter里面平分为三格，就得长针五分钟的距离了，这不十分容易正确，然相差至多不过一两分钟，只要不是天文台、电报局或火车站里，人家家里上下一两分钟本来是不要紧的。倘眼睛锐利一点，看惯之后，其实半分钟也是可以分明辨出的。这自鸣钟现在还挂在我的房间里，虽然惯用之后不甚新颖了，然终不觉得讨厌，因为它在壁上不是显明的实用的一只自鸣钟，而可以冒充一幅油画。

除了空间以外，闲居的时候我又欢喜把一天的生活的情调来比方音乐。如果把一天的生活当作一个乐曲，其经过就像乐章（movement）的移行了。一天的早晨，晴雨如何？冷暖如何？人事的情形如何？犹之第一乐章的开始，先已奏出全曲的根柢的“主题”（theme）。一天的生活，例如事务的纷忙，意外的发生，祸福的临门，犹如曲中的长音阶（大音阶）变为短音阶（小音阶）的，C调变为F调，adagio（柔板）变为allegro（快板）。其或昼永人闲，平安无事，那就像始终C调的andante（行板）的长大的乐章了。以气候而论，春日是孟檀尔仲（门德尔松）（Mendelssohn），夏日是斐德芬（贝多芬）（Beethoven），秋日是晓邦（肖邦）（Chopin）、修芒（舒曼）（Schumann），冬日是修斐尔德（舒伯特）（Schubert）。这也是谁也可以感到，谁也可以懂得的事，试看无论什么机关里，团体里，做无论什么事务的人，在阴雨的天气，办事一定不及在晴天的起劲，高兴，积极。如果有不论天气，天天照常办事的人，这一定不是人，是一架机器。只要看挑到我们后门头来卖臭豆腐干的江北人，近来秋雨连日，他的叫声自然懒洋洋地低钝起来，远不如一月以前的炎阳下的“臭豆腐干！”的热辣了。

正当的游玩，是辛苦的安慰，是工作的预备。

——丰子恺

春来忆广州

我爱花。因气候、水土等等关系，在北京养花，颇为不易。冬天冷，院里无法摆花，只好都搬到屋里来。每到冬季，我的屋里总是花比人多。形势逼人！屋中养花，有如笼中养鸟，即使用心调护，也养不出个样子来。除非特建花室，实在无法解决问题。我的小院里，又无隙地可建花室！

一看到屋中那些半病的花草，我就立刻想起美丽的广州来。去年春节后，我不是到广州住了一个月吗？哎呀，真是了不起的好地方！人极热情，花似乎也热情！大街小巷，院里墙头，百花齐放，欢迎客人，真是“交友看花在广州”啊！

在广州，对着我的屋门便是一株象牙红，高与楼齐，盛开着一丛丛红艳夺目的花儿，而且经常有些很小的小鸟，钻进那朱红的小“象牙”里，如蜂采蜜。真美！只要一有空儿，我便坐在阶前，看那些花与小鸟。在家里，我也有一棵象牙红，可是高不及三尺，而且是种在盆子里。它入秋即放假休息，入冬便睡大觉，且久久不醒，直到端阳左右，它才开几朵先天不足的小花，绝对没有那种秀气的小鸟作伴！现在，它正在屋角打盹，也许跟我一样，正想念它的故乡广东吧？

春天到来，我的花草还是不易安排：早些移出去吧，怕风霜侵犯；不搬出去吧，又都发出细条嫩叶，很不健康。这种细条子不会长出花来。看着真令人焦心！

好容易盼到夏天，花盆都运至院中，可还不完全顺利。院小，不透风，许多花儿便生了病。特别由南方来的那些，如白玉兰、栀子、茉莉、小金橘、茶花……也不怎么就叶落枝枯，悄悄死去。因此，我打定主意，在买来这些比较娇贵的花儿之时，就认为它们不能长寿，尽到我的心，而又不作幻想，以免枯死的时候落泪伤神。同时，也多种些叫它死也不肯死的花草，如夹竹桃之类，以期老有些花儿看。

夏天，北京的阳光过暴，而且不下雨则已，一下就是倾盆倒海而来，势不可当，也不利于花草的生长。

秋天较好。可是忽然一阵冷风，无法预防，娇嫩些的花儿就受了重伤。于是，全家动员，七手八脚，往屋里搬呀！各屋里都挤满了花盆，人们出来进去都须留神，以免绊倒！

真羡慕广州的朋友们，院里院外，四季有花，而且是多么出色的花呀！白玉兰高达数丈，干子比我的腰还粗！英雄气概的木棉，昂首天外，开满大红花，何等气势！就连普通的花儿，四季海棠与绣球什么的，也特别壮实，叶茂花繁，花小而气魄不小！看，在冬天，窗外还有结实累累的木瓜呀！真没法儿比！一想起花木，也就更想念朋友们！朋友们，快作几首诗来吧，你们的环境是充满了诗意的呀！

春节到了，朋友们，祝你们花好月圆人长寿，新春愉快，工作胜利！

把日子过得有趣，即使生活是一地鸡毛，也要把鸡毛扎成漂亮的鸡毛掸子。

——老舍

宴之趣

虽然是冬天，天气却并不怎么冷，雨点淅淅沥沥地滴个不已，灰色云是弥漫着；火炉的火是熄下了，在这样的秋天似的天气中，生了火炉未免是过于燠暖了。家里一个人也没有，他们都出外“应酬”去了。独自在这样的房里坐着，读书的兴趣也引不起，偶然地把早晨的日报翻着，翻着，看看它的广告，忽然想起去看*Merry Widow*[①]吧。于是独自地上了电车，到派克路跳下了。

在黑漆的影戏院中，乐队悠扬地奏着乐，白幕上的黑影，坐着，立着，追着，哭着，笑着，愁着，怒着，恋着，失望着，决斗着，那还不是那一套，他们写了又写，演了又演的那一套故事。

但至少，我是把一句话记住在心上了：

“有多少次，我是饿着肚子从晚餐席上跑开了。”

这是一句隽妙无比的名句；借来形容我们宴会无虚日的交际社会，真是很确切的。

每一个商人，每一个官僚，每一个略略交际广了些的人，差不多他们的每一个黄昏，都是消磨在酒楼菜馆之中的。有的时候，一个黄昏要赶着去赴三四处的宴

① 即《风流寡妇》，法国于1934年上映的三幕轻歌剧。

会。这些忙碌的交际者真是妓女一样，在这里坐一坐，就走开了，又赶到另一个地方去了，在那一个地方又只略坐一坐，又赶到再一个地方去了。他们的肚子定是不会饱的，我想。有几个这样的交际者，当酒阑灯灺，应酬完毕之后，定是回到家中，叫底下人烧了稀饭来堆补空肠的。

我们在广漠繁华的上海，简直是一个村气十足的“乡下人”；我们住的是乡下，到“上海”去一趟是不容易的，我们过的是乡间的生活，一月中难得有几个黄昏是在“应酬”场中度过的。有许多人也许要说我们是“孤介”，那是很清高的一个名词。似我们实在不是如此，我们不过是不惯征逐于酒肉之场，始终保持着不大见世面的“乡下人”的色彩而已。

偶然的有几次，承一两个朋友的好意，邀请我们去赴宴。在座的至多只有三四个熟人，那一半生客，还要主人介绍或自己去请教尊姓大名，或交换名片，把应有的初见面的应酬的话讷讷地说完了之后，便默默地相对无言了。说的话都不是有着落，都不是从心里发出的；泛泛的，是几个音声，由喉咙头溜到口外的而已。过后自己想起那样的敷衍的对话，未免要为之失笑。如此的，说是一个黄昏在繁灯絮语之宴席上度过了，然而那是如何没有生趣的一个黄昏呀！

有几次，席上的生客太多了，除了主人之外没有一个是认识的；请教了姓名之后，也随即忘记了。除了和主人说几句话之外，简直是无从和他们谈起。不晓得他们是什么行业，不晓得他们是什么性质的人，有话在口头也不敢随意地高谈起来。那一席宴，真是如坐针毡；精美的羹菜，一碗碗地捧上来，也不知是什么味儿。终于忍不住了，只好向主人撒一个谎，说身体不大好过，或是说还有应酬，一定要去的——如果在谣言很多的这几天当然是更好托词了，说我怕戒严提早，要被留在华界之外——虽然这是无礼貌的，不大应该的，虽然主人是照例地殷勤地留着，然而我却不顾一切地不得不走了。这个黄昏实在是太难挨得过去了！回到家里以后，买了一碗稀饭，即使只有一小盏萝卜干下稀饭，反而觉得舒畅，有意味。

如果有什么友人做喜事，或寿事，在某某花园、某某旅社的大厅里，大张旗鼓地宴客，不幸我们是被邀请了，更不幸我们是太熟的友人，不能不到，也不能道完了喜或拜完了寿，立刻就托词溜走的，于是这又是一个可怕的黄昏。常常地张大了两眼，在寻找熟人。好容易找到了，一定要紧紧地和他们挤在一处，不敢失散。到了坐席时，便至少有两三人在一块儿可以谈谈了，不至于一个人独自地局促在一群生面孔的人当中，惶恐而且空虚。当我们两三人在津津地谈着自己的事时，偶然抬起眼来看着对面的一个坐客，他是凄然无侣地坐着；大家酒杯举了，他也举着；菜来了，一个人说“请，请”，同时把牙箸伸到盘边，他也说“请，请”，也同样地把牙箸伸出。除了吃菜之外，他没有目的，菜完了，他便局促地独坐着。我们见了他，总要代他难过，然而他终于能够终了席方才起身离座。

宴会之趣味如果仅是这样的，那么，我们将咒诅那第一个发明请客的人；喝酒的趣味如果仅是这样的，那么，我们也将打倒杜康与狄奥尼修士了。

然而又有的宴会却幸而并不是这样的，我们也还有别的可以引起喝酒的趣味的环境。

独酌，据说，那是很有意思的。我少时，常见祖父一个人执了一把锡的酒壶，把黄色的酒倒在白磁小杯里，举了杯独酌着；喝了一小口，真正一小口，便放下了，又拿起筷子来夹菜。因此，他食得很慢，大家的饭碗和筷子都已放下了，且已离座了，而他却还在举着酒杯，不匆不忙地喝着。他的吃饭，尚在再一个半点钟之后呢。而他喝着酒，颜微酡着，常常叫道："孩子，来。"而我们便到了他的跟前。他夹了一块只有他独享着的菜蔬放在我们口中，问道："好吃吗？"我们往往以点点头答之。在孙男与孙女中，他特别的喜欢我，叫我前去的时候尤多。常常的，他把有了短髭的嘴吻着我的面颊，微微有些刺痛，而他的酒气从他的口鼻中直喷出来。这是使我很难受的。

这样的，他消磨过了一个中午和一个黄昏。天天都是如此。我没有享受过这样的乐趣，然而回想起来，似乎他那时是非常的高兴，他是陶醉着，为快乐的雾所围着，似乎他的沉重的忧郁都从心上移开了，这里便是他的全世界，而全世界也便是他的。

别一个宴之趣，是我们近几年所常常领略到的，那就是集合了好几个无所不谈的朋友，全座没有一个生面孔，在随意地喝着酒，吃着菜，上天下地地谈着。有时说着很轻妙的话，说着很可发笑的话，有时是如火如剑的激动的话，有时是深切的论学谈艺的话，有时是随意地取笑着，有时是面红耳热地争辩着，有时是高妙的理想在我们的谈锋上触着，有时是恋爱的遇合与家庭的与个人的身世使我们谈个不休。每个人都把他的心胸赤裸裸地袒开了，每个人都把他的向来不肯给人看的面孔显露出来了；每个人都谈着，谈着，谈着，只有更兴奋地谈着，毫不觉得“疲倦”是怎么一个样子。酒是喝得干了，菜是已经没有了，而他们却还是谈着，谈着，谈着。那个地方，即使是很喧闹的，很湫狭的，向来所不愿意多坐的，而这时大家却都忘记了这些事，只是谈着，谈着，谈着，没有一个人愿意先说起告别的话。要不是为了戒严或家庭的命令，竟不会有人想走开的。虽然这些闲谈都是琐屑之至的，都是无意味的，而我们却已在其间得到宴之趣了——其实在这些闲谈中，我们是时时可发现许多珠宝的；大家都互相地受着影响，大家都更进一步了解他的同伴，大家都可以从那里得到些教训与利益。

“再喝一杯，只要一杯，一杯。”

“不，不能喝了，实在的。”

不会喝酒的人每每这样的被强迫着而喝了过量的酒。面部红红的，映在灯光之下，是向来所未有的壮美的丰采。

“圣陶，干一杯，干一杯。”我往往地举起杯来对着他说，我是很喜欢一口一杯地喝酒的。

“慢慢地，不要这样快，喝酒的趣味，在于一小口一小口地喝，不在于‘杯干’。”圣陶反抗似的说，然而终于他是一口干了，一杯又是一杯。

连不会喝酒的愈之、雁冰，有时，竟也被我们强迫得干了一杯。于是大家哄然地大笑，是发出于心之绝底的笑。

再有，佳年好节，合家团团地坐在一桌上，放了十几双的红漆筷子，连不在家中的人也都放着一双筷子，都排着一个座位。小孩子笑滋滋地闹着吵着，母亲和祖母温和地笑着，妻子忙碌着，指挥着厨房中、厅堂中仆人们的做菜、端菜，那也是特有一种融融泄泄的乐趣，为孤独者所妒羡不置的，虽然并没有和同伴们同在时那样的宴之趣。

还有，一对恋人在酒店的密室中晚餐；还有，从戏院中偕了妻子出来，同登酒楼喝一二杯酒；还有，伴着祖母或母亲在熊熊的炉火旁边，放了几盏小菜，闲吃着宵夜的酒，那都是使身临其境的人心醉神怡的。

宴之趣是如此的不同呀！

当春间二三月，轻风微微的吹拂着，如毛的细雨无因的由天上洒落着，千条万条的柔柳，齐舒了它们的黄绿的眼，红的白的黄的花，绿的草，绿的树叶，皆如赶赴市集者似的奔聚而来，形成了烂熳无比的春天。

——郑振铎

扬州的夏日

扬州从隋炀帝以来，是诗人文士所称道的地方；称道得多了，称道得久了，一般人便也随声附和起来。直到现在，你若向人提起扬州这个名字，他会点头或摇头说："好地方！好地方！"特别是没去过扬州而念过些唐诗的人，在他心里，扬州真像蜃楼海市一般美丽；他若念过《扬州画舫录》一类书，那更了不得了。但在一个久住扬州像我的人，他却没有那么多美丽的幻想，他的憎恶也许掩住了他的爱好；他也许离开了三四年并不去想它。若是想呢，——你说他想什么？女人，不错，这似乎也有名，但怕不是现在的女人吧？——他也只会想着扬州的夏日，虽然与女人仍然不无关系的。

北方和南方一个大不同，在我看，就是北方无水而南方有。诚然，北方今年大雨，永定河、大清河甚至决了堤防，但这并不能算是有水；北平的三海和颐和园虽然有点儿水，但太平衍了，一览而尽，船又那么笨头笨脑的。有水的仍然是南方。扬州的夏日，好处大半便在水上——有人称为"瘦西湖"，这个名字真是太"瘦"了，假西湖之名以行，"雅得这样俗"，老实说，我是不喜欢的。下船的地方便是护城河，蔓延开去，曲曲折折，直到平山堂，——这是你们熟悉的名字——有七八里河道，还有许多杈杈丫丫的支流。这条河其实也没有顶大的好处，只是曲折而有些幽静，和别处不同。

沿河最著名的风景是小金山、法海寺、五亭桥；最远的便是平山堂了。金山你们是知道的，小金山却在水中央。在那里望水最好，看月自然也不错——可是我还不曾有过那样福气。“下河”的人十之九是到这儿的，人不免太多些。法海寺有一个塔，和北海的一样，据说是乾隆皇帝下江南，盐商们连夜督促匠人造成的。法海寺著名的自然是这个塔；但还有一桩，你们猜不着，是红烧猪头。夏天吃红烧猪头，在理论上也许不甚相宜；可是在实际上，挥汗吃着，倒也不坏的。五亭桥如名字所示，是五个亭子的桥。桥是拱形，中一亭最高，两边四亭，参差相称；最宜远看，或看影子，也好。桥洞颇多，乘小船穿来穿去，另有风味。平山堂在蜀冈上。登堂可见江南诸山淡淡的轮廓；“山色有无中”一句话，我看是恰到好处，并不算错。这里游人较少，闲坐在堂上，可以永日。沿路光景，也以闲寂胜。从天宁门或北门下船。蜿蜒的城墙，在水里倒映着苍黝的影子，小船悠然地撑过去，岸上的喧扰像没有似的。

船有三种：大船专供宴游之用，可以携妓或打牌。

小时候常跟了父亲去，在船里听着谋得利洋行的唱片。现在这样乘船的大概少了吧？其次是“小划子”，真像一瓣西瓜，由一个男人或女人用竹篙撑着。乘的人多了，便可雇两只，前后用小凳子跨着：这也可算得“方舟”了。后来又有一种“洋划”，比大船小，比“小划子”大，上支布篷，可以遮日遮雨。“洋划”渐渐地多，大船渐渐地少，然而“小划子”总是有人要的。这不独因为价钱最贱，也因为它的伶俐。一个人坐在船中，让一个人站在船尾上用竹篙一下一下地撑着，简直是一首唐诗，或一幅山水画。而有些好事的少年，愿意自己撑船，也非“小划子”不行。“小划子”虽然便宜，却也有些分别。譬如说，你们也可想到的，女人撑船总要贵些；姑娘撑的自然更要贵啰。这些撑船的女子，便是有人说过的“瘦西湖上的船娘”。船娘们的故事大概不少，但我不很知道。据说以乱头粗服，风趣天然为胜；中年而有风趣，也仍然算好。可是起初原是逢场作戏，或尚不伤廉惠；以后居然有了价格，便觉意味索然了。

北门外一带，叫作下街，茶馆最多，往往一面临河。船行过时，茶客与乘客可以随便招呼说话。船上人若高兴时，也可以向茶馆中要一壶茶，或一两种“小笼点心”，在河中喝着，吃着，谈着。回来时再将茶壶和所谓小笼，连价款一并交给茶馆中人。撑船的都与茶馆相熟，他们不怕你白吃。扬州的小笼点心实在不错：我离开扬州，也走过七八处大大小小的地方，还没有吃过那样好的点心；这其实是值得惦记的。茶馆的地方大致总好，名字也颇有好的。如香影廊、绿杨村、红叶山庄，都是到现在还记得的。绿杨村的幌子，挂在绿杨树上，随风飘展，使人想起“绿杨城郭是扬州”的名句。里面还有小池、丛竹、茅亭，景物最幽。这一带的茶馆布置都历落有致，迥非上海、北平方方正正的茶楼可比。

“下河”总是下午。傍晚回来，在暮霭朦胧中上了岸，将大褂折好搭在腕上，一手微微摇着扇子；这样进了北门或天宁门走回家中。这时候可以念“又得浮生半日闲”那一句诗了。

过去的日子如轻烟，被微风吹散了，如薄雾，被初阳蒸融了。

——朱自清

看花

生长在大江北岸一个城市里，那儿的园林本是著名的，但近来却很少；似乎自幼就不曾听见过“我们今天看花去”一类话，可见花事是不盛的。有些爱花的人，大都只是将花栽在盆里，一盆盆搁在架上；架子横放在院子里。院子照例是小小的，只够放下一个架子；架上至多搁二十多盆花罢了。有时院子里依墙筑起一座“花台”，台上种一株开花的树；也有在院子里地上种的。但这只是普通的点缀，不算是爱花。

家里人似乎都不甚爱花；父亲只在领我们上街时，偶然和我们到“花房”里去过一两回。但我们住过一所房子，有一座小花园，是房东家的。那里有树，有花架（大约是紫藤花架之类），但我当时还小，不知道那些花木的名字；只记得爬在墙上的是蔷薇而已。园中还有一座太湖石堆成的洞门；现在想来，似乎也还好的。在那时由一个顽皮的少年仆人领了我去，却只知道跑来跑去捉蝴蝶；有时掐下几朵花，也只是随意挼弄着，随意丢弃了。

至于领略花的趣味，那是以后的事：夏天的早晨，我们那地方有乡下的姑娘在各处街巷，沿门叫着，“卖栀子花来。”栀子花不是什么高品，但我喜欢那白而晕黄的颜色和那肥肥的个儿，正和那些卖花的姑娘有着相似的韵味。栀子花的香，浓而不烈，清而不淡，也是我乐意的。我这样便爱起花来了。也许有人会问，“你爱的不是花吧？”这个我自己其实也已不大弄得清楚，只好存而不论了。

在高小的一个春天，有人提议到城外F寺里吃桃子去，而且预备白吃；不让吃就闹一场，甚至打一架也不在乎。那时虽远在五四运动以前，但我们那里的中学生却常有打进戏园看白戏的事。中学生能白看戏，小学生为什么不能白吃桃子呢？我们都这样想，便由那提议人纠合了十几个同学，浩浩荡荡地向城外而去。

到了F寺，气势不凡地呵叱着道人们（我们称寺里的工人为道人），立刻领我们向桃园里去。道人们踌躇着说：“现在桃树刚才开花呢。”但是谁信道人们的话？我们终于到了桃园里。大家都丧了气，原来花是真开着呢！这时提议人P君便去折花。道人们是一直步步跟着的，立刻上前劝阻，而且用起手来。但P君是我们中最不好惹的；“说时迟，那时快”，一眨眼，花在他的手里，道人已跪在一旁了。那一园子的桃花，想来总该有些可看；我们却谁也没有想着去看。只嚷着，“没有桃子，得沏茶喝！”道人们满肚子委屈地引我们到“方丈”里，大家各喝一大杯茶。这才平了气，谈谈笑笑地进城去。大概我那时还只懂得爱一朵朵的栀子花，对于开在树上的桃花，是并不了然的；所以眼前的机会，便从眼前错过了。

以后渐渐念了些看花的诗，觉得看花颇有些意思。但到北平读了几年书，却只到过崇效寺一次；而去得又嫌早些，那有名的一株绿牡丹还未开呢。

北平看花的事很盛，看花的地方也很多；但那时热闹的似乎也只有一班诗人名士，其余还是不相干的。那正是新文学运动的起头，我们这些少年，对于旧诗和那一班诗人名士，实在有些不敬；而看花的地方又都远不可言，我是一个懒人，便干脆地断了那条心了。后来到杭州做事，遇见了Y君，他是新诗人兼旧诗人，看花的兴致很好。我和他常到孤山去看梅花。孤山的梅花是古今有名的，但太少；又没有临水的，人也太多。有一回坐在放鹤亭上喝茶，来了一个方面有须，穿着花缎马褂的人，用湖南口音和人打招呼道，“梅花盛开嗒！”“盛”字说得特别重，使我吃了一惊；但我吃惊的也只是说在他嘴里“盛”这个声音罢了，花的盛不盛，在我倒并没有什么的。

有一回，Y来说，灵峰寺有三百株梅花；寺在山里，去的人也少。我和Y，还有N君，从西湖边雇船到岳坟，从岳坟入山。曲曲折折走了好一会，又上了许多石级，才到山上寺里。寺甚小，梅花便在大殿西边园中。园也不大，东墙下有三间净室，最宜喝茶看花；北边有座小山，山上有亭，大约叫“望海亭”吧，望海是未必，但钱塘江与西湖是看得见的。梅树确是不少，密密地低低地整列着。

那时已是黄昏，寺里只我们三个游人；梅花并没有开，但那珍珠似的繁星似的骨都儿，已经够可爱了；我们都觉得比孤山上盛开时有味。大殿上正做晚课，送来梵呗的声音，和着梅林中的暗香，真叫我们舍不得回去。在园里徘徊了一会，又在屋里坐了一会，天是黑定了，又没有月色，我们向庙里要了一个旧灯笼，照着下山。路上几乎迷了道，又两次三番地狗咬；我们的Y诗人确有些窘了，但终于到了岳坟。船夫远远迎上来道：“你们来了，我想你们不会冤我呢！”在船上，我们还不离口地说着灵峰的梅花，直到湖边电灯光照到我们的眼。

Y回北平去了，我也到了白马湖。那边是乡下，只有沿湖与杨柳相间着种了一行小桃树，春天花发时，在风里娇媚地笑着。还有山里的杜鹃花也不少。这些日日在我们眼前，从没有人像煞有介事地提议，“我们看花去。”但有一位S君，却特别爱养花；他家里几乎是终年不离花的。我们上他家去，总看他在那里不是拿着剪刀修理枝叶，便是提着壶浇水。我们常乐意看着。他院子里一株紫薇花很好，我们在花旁喝酒，不知多少次。

白马湖住了不过一年，我却传染了他那爱花的嗜好。但重到北平时，住在花事很盛的清华园里，接连过了三个春，却从未想到去看一回。只在第二年秋天，曾经和孙三先生在园里看过几次菊花。“清华园之菊”是著名的，孙三先生还特地写了一篇文，画了好些画。但那种一盆一干一花的养法，花是好了，总觉没有天然的风趣。直到去年春天，有了些余闲，在花开前，先向人问了些花的名字。一个好朋友是从知道姓名起的，我想看花也正是如此。恰好Y君也常来园中，我们一天三四趟地到那些花下去徘徊。

今年Y君忙些，我便一个人去。我爱繁花老干的杏，临风婀娜的小红桃，贴梗累累如珠的紫荆；但最恋恋的是西府海棠。海棠的花繁得好，也淡得好；艳极了，却没有一丝荡意。疏疏的高干子，英气隐隐逼人。可惜没有趁着月色看过；王鹏运有两句词道：“只愁淡月朦胧影，难验微波上下潮。”我想月下的海棠花，大约便是这种光景吧。

为了海棠，前两天在城里特地冒了大风到中山公园去，看花的人倒也不少；但不知怎的，却忘了畿辅先哲祠。Y告我那里的一株，遮住了大半个院子；别处的都向上长，这一株却是横里伸张的。花的繁没有法说；海棠本无香，昔人常以为恨，这里花太繁了，却酝酿出一种淡淡的香气，使人久闻不倦。Y告我，正是刮了一日还不息的狂风的晚上；他是前一天去的。他说他去时地上已有落花了，这一日一夜的风，准完了。他说北平看花，是要赶着看的：春光太短了，又晴的日子多；今年算是有阴的日子了，但狂风还是逃不了的。我说北平看花，比别处有意思，也正在此。这时候，我似乎不甚菲薄那一班诗人名士了。

但得夕阳无限好，何须惆怅近黄昏。

——朱自清

荷塘月色

这几天心里颇不宁静。今晚在院子里坐着乘凉，忽然想起日日走过的荷塘，在这满月的光里，总该另有一番样子吧。月亮渐渐地升高了，墙外马路上孩子们的欢笑，已经听不见了；妻在屋里拍着闰儿，迷迷糊糊地哼着眠歌。我悄悄地披了大衫，带上门出去。

沿着荷塘，是一条曲折的小煤屑路。这是一条幽僻的路；白天也少人走，夜晚更加寂寞。荷塘四面，长着许多树，蓊蓊郁郁的。路的一旁，是些杨柳，和一些不知道名字的树。没有月光的晚上，这路上阴森森的，有些怕人。今晚却很好，虽然月光也还是淡淡的。

路上只我一个人，背着手踱着。这一片天地好像是我的；我也像超出了平常的自己，到了另一世界里。我爱热闹，也爱冷静；爱群居，也爱独处。像今晚上，一个人在这苍茫的月下，什么都可以想，什么都可以不想，便觉是个自由的人。白天里一定要做的事，一定要说的话，现在都可不理。这是独处的妙处，我且受用这无边的荷香月色好了。

曲曲折折的荷塘上面，弥望的是田田的叶子。叶子出水很高，像亭亭的舞女的裙。层层的叶子中间，零星地点缀着些白花，有袅娜地开着的，有羞涩地打着朵儿的；正如一粒粒的明珠，又如碧天里的星星，又如刚出浴的美人。微风过处，送来缕缕清香，仿佛远处高楼上渺茫的歌声似的。这时候叶子与花也有一丝的颤动，像闪电般，霎时传过荷塘的那边去了。叶子本是肩并肩密密地挨着，这便宛然有了一道凝碧的波痕。叶子底下是脉脉的流水，遮住了，不能见一些颜色；而叶子却更见风致了。

月光如流水一般，静静地泻在这一片叶子和花上。薄薄的青雾浮起在荷塘里。叶子和花仿佛在牛乳中洗过一样，又像笼着轻纱的梦。虽然是满月，天上却有一层淡淡的云，所以不能朗照；但我以为这恰是到了好处——酣眠固不可少，小睡也别有风味的。月光是隔了树照过来的，高处丛生的灌木，落下参差的斑驳的黑影，峭楞楞如鬼一般；弯弯的杨柳的稀疏的倩影，却又像是画在荷叶上。塘中的月色并不均匀；但光与影有着和谐的旋律，如梵婀铃[①]上奏着的名曲。

荷塘的四面，远远近近，高高低低都是树，而杨柳最多。这些树将一片荷塘重重围住；只在小路一旁，漏

① 英文，violin的音译，“小提琴”之意。

着几段空隙，像是特为月光留下的。树色一例是阴阴的，乍看像一团烟雾；但杨柳的丰姿，便在烟雾里也辨得出。树梢上隐隐约约的是一带远山，只有些大意罢了。树缝里也漏着一两点路灯光，没精打采的，是渴睡人的眼。这时候最热闹的，要数树上的蝉声与水里的蛙声；但热闹是它们的，我什么也没有。

忽然想起采莲的事情来了。采莲是江南的旧俗，似乎很早就有，而六朝时为盛；从诗歌里可以约略知道。采莲的是少年的女子，她们是荡着小船，唱着艳歌去的。采莲人不用说很多，还有看采莲的人。那是一个热闹的季节，也是一个风流的季节。梁元帝《采莲赋》里说得好：

于是妖童媛女，荡舟心许；鹢首徐回，兼传羽杯。櫂将移而藻挂，船欲动而萍开。尔其纤腰束素，迁延顾步。夏始春余，叶嫩花初。恐沾裳而浅笑，畏倾船而敛裾。

可见当时嬉游的光景了。这真是有趣的事，可惜我们现在早已无福消受了。于是又记起《西洲曲》里的句子：

采莲南塘秋，莲花过人头。

低头弄莲子，莲子清如水。

今晚若有采莲人，这儿的莲花也算得“过人头”了；只不见一些流水的影子，是不行的。这令我到底惦着江南了。——这样想着，猛一抬头，不觉已是自己的门前；轻轻地推门进去，什么声息也没有，妻已睡熟好久了。

一个人在这苍茫的月下，什么都可以想，什么都可以不想，便觉得是个自由的人。

——朱自清

路上的吃食

从前大凡旅行，路上的吃食概归自备，家里如有人出外，几天之前就得准备“路菜”。最重要的是所谓“汤料”，这都好吃的东西配合而成，如香菇，虾米，玉堂菜就是京冬菜，还有一种叫做“麻雀脚”的，乃是淡竹笋上嫩枝的笋干，晒干了好像鸟爪似的。它的用处是用开水冲汤，此外当然还有火腿家乡肉，这是特制的一种腌肉，酱鸡腊鸭之类，是足够丰美的。后来上海有了陆稿荐、紫阳观，有肉松熏鱼，及各种小菜可买，那就可以不必那么预备了。

由杭州到上海的路上，船上供给旅客的饭食，而且菜蔬也相当的好。房舱二十个人一间，分作前后两截，上下两层床铺各占一人，饭时便五个一桌，第一天供应晚餐一顿，次日整天两顿，都在船价一元五角之内，这实在要算便宜的。沪宁道中船票也是一元五角，供应餐数大略相同，可是它只管三顿白饭，至于下饭的小菜，因为人数太多，也实在是照管不来了。这且不谈也罢，那轮船里茶房对客人的态度也比较的差，譬如送饭来的时候，将装饭的大木桶在地上一放，大声喊道：“来吃吧！”这句话意思是如此，可是口调还有不同，仿佛有古文里所谓“嗟，来食”之意，而且他用宁波话说，读作“来曲”，这自然更不好听了。不过那时候谁也计较不得这些，只等到“来曲”一声招呼，便蜂拥的奔过去，用了脸盆及各种合用的器具，尽量的盛饭，随后退回原处，静静的去享用。这是杭沪以及沪宁两条路上，不同的吃饭的情形。

路过各处码头，轮船必要停泊下来，上下客货，那时有各种商人携百货兜售，这也是很有趣味的事。不过所记得的大抵以食物为多，即如杭沪道上的糕团，实在顶不能忘记的了。这种糕团乃是一种湿点心，是用糯米或粳米粉蒸成，与用麦粉所做的馒头烧卖相对，似乎是南方特有的东西，我说南方还应修正，因为我在嘉兴和苏州看见过它，在南京便没有了，北京所谓饽饽，乃全是干点心而已。大概因为儿时吃惯了“炙糕担”上的东西，所以对于糕团觉得很有情分。鲁迅也是热爱糕团，因此在嘉兴曾闹过一个小小的笑话。他看见一种糕，块儿很不小，样子似乎很好吃，便问几钱一块，卖糕的答说，“半钱。”他闻之大为惊异，心想怎么这样的便宜，便再问一遍，结果仍是“半钱”。他于是拿了四块糕，付给他两文制钱，不料卖糕的大不答应，吵了起来。仔细一问，原来是说“八钱一块”，只因方言八半二音相近，以致造成这个误会，这也是很有意思的一件事。

此外在沪宁路上，觉得特别记得的，是在镇江码头停泊的时节，大约是以“下水”便是船向着长江下游走的时候居多，总在夜晚，而且因为货多，所以停船的时间也就很长。那时便有一种行贩，曼声的说，“晚米稀饭，阿要吃晚米稀饭。”说也奇怪，我没有一回吃过它，因此终于不知道这晚米稀饭是怎么一个味道，但想象它总不会得坏，而且也就永远的记住了它。怕得稀饭里会放进“迷子”这一类东西去，所以不敢去请教的么？这未必是为此，只是偶然失掉了这机会罢了。

我只希望，祈祷，我的心境不要再粗糙下去，荒芜下去，这就是我的最大愿望。

——周作人

山居杂缀

山　风

窗外，隔着夜的帡幪，迷茫的山岚大概已把整个峰峦笼罩住了吧。冷冷的风从山上吹下来，带着潮湿，带着太阳的气味，或是带着几点从山涧中飞溅出来的水，来叩我的玻璃窗了。

敬礼啊，山风！我敞开门窗欢迎你，我敞开衣襟欢迎你。

抚过云的边缘，抚过崖边的小花，抚过有野兽躺过的岩石，抚过缄默的泥土，抚过歌唱的泉流，你现在来轻轻地抚我了。说啊，山风，你是否从我胸头感到了云的飘忽，花的寂寥，岩石的坚实，泥土的沉郁，泉流的活泼？你会不会说，这是一个奇异的生物！

雨

雨停止了，檐溜还是叮叮地响着，给梦拍着柔和的拍子，好像在江南的一只乌篷船中一样。“春水碧如天，画船听雨眠”，韦庄的词句又浮到脑中来了。奇迹也许突然发生了吧，也许我已被魔法移到苕溪或是西湖的小船中了吧……

然而突然，香港的倾盆大雨又降下来了。

路上的列树已斩伐尽了，疏疏朗朗地残留着可怜的树根。路显得宽阔了一点，短了一点，天和人的距离似乎更接近了。太阳直射到头顶上，雨直淋到身上……是的，我们需要阳光，但是我们也需要阴荫啊！早晨鸟雀的啁啾声没有了，傍晚舒徐的散步没有了。空虚的路，寂寞的路！

树

离门前不远的地方，本来有一棵合欢树，去年秋天，我也还采过那长长的荚果给我的女儿玩的。它曾经娉婷地站立在那里，高高地张开它的青翠的华盖一般的叶子，寄托了我们的梦想，又给我们以清阴。而现在，我们却只能在虚空之中，在浮着云片的碧空的背景上，徒然地描画它的青翠之姿了。像现在这样的夏天的早晨，它的鲜绿的叶子和火红照眼的花，会给我们怎样的一种清新之感啊！它的浓荫之中藏着雏鸟的小小的啼声，会给我们怎样的一种喜悦啊！想想吧，它的消失对于我们是怎样地可悲啊！

抱着幼小的孩子，我又走到那棵合欢树的树根边来了。锯痕已由淡黄变成黝黑了，然而年轮却还是清清楚楚的，并没有给苔藓或是芝菌侵蚀去。我无聊地数着这一圈圈的年轮，四十二圈！正是我的年龄。它和我度过了同样的岁月，这可怜的合欢树！

树啊，谁更不幸一点，是你呢，还是我？

失去的园子

跋涉的挂虑使我失去了眼界的辽阔和余暇的寄托。我的意思是说，自从我怕走漫漫的长途而移居到这中区的最高一条街以来，我便不再能天天望见大海，不再拥有一个小圃了。屋子后面是高楼，前面是更高的山；门临街路，一点隙地也没有。从此，我便对山面壁而居，而最使我惆怅的，特别是旧居中的那一片小小的园子，那一片由我亲手拓荒、耕耘、施肥、播种、灌溉、收获过的贫瘠的土地。那园子临着海，四周是苍翠的松树，每当耕倦了，抛下锄头，坐到松树下面去，迎着从远处渔帆上吹来的风，望着辽阔的海，就已经使人心醉了。

何况它又按着季节，给我们以意外丰富的收获呢？

可是搬到这里以后，一切都改变了。载在火车上和书籍一同搬来的耕具：锄头、铁耙、铲子、尖锄、除草耙、移植铲、灌溉壶，等等，都冷落地被抛弃在天台上，而且生了锈。这些可怜的东西！它们应该像我一样地寂寞吧。

好像是本能地，我不时想着“现在是种番茄的时候了”，或是“现在玉蜀黍可以收获了”，或是“要是我能从家乡弄到一点蚕豆种就好了”！我把这种思想告诉了妻，于是她就提议说：“我们要不要像邻居那样，叫人挑泥到天台上去，在那里辟一个园地？”可是我立刻反对，因为天台是那么小，而且阳光也那么少，给四面的高楼遮住了。于是这计划打消了，而旧园的梦想却仍旧继续着。

大概看到我常常为这种思想困恼着吧，妻在偷偷地活动着。于是，有一天，她高高兴兴地来对我说：“你可以有一个真正的园子了。你不看见我们对邻有一片空地吗？他们人少，种不了许多地，我已和他们商量好，划一部分地给我们种，水也很方便。现在，你说什么时候开始吧。”

她一定以为会给我一个意外的喜悦的，可是我却含糊地应着，心里想：“那不是我的园地，我要我自己的园地。”可是，为了不要使妻太难堪，我期期地回答她：“你不是劝我不要太疲劳吗？你的话是对的，我需要休息。我们把这种地的计划打消了吧。”

诗是由真实经过想象而出来的，不单是真实，亦不单是想象。

——戴望舒

艺海畅游的乐趣

有人说我在出家前是书法家、画家、音乐家、诗人、戏剧家等，出家后这些造诣更深。其实不是这样的，所有这一切都是我的人生兴趣而已。我认为一个人在他有生之年应多学一些东西，不见得样样精通，如果能做到博学多闻就很好了，也不枉屈自己这一生一世。而我在出家后，拜印光大师为师，所有的精力都致力于佛法的探究上，全身心去了解禅的含义，在这些兴趣上反倒不如以前痴迷了，也就荒疏了不少。然而，每当回忆起那段艺海生涯，总是有说不尽的乐趣！

记得在我18岁那年，我与茶商之女俞氏结为夫妻。当时哥哥给了我30万元作贺礼，于是我就买了一架钢琴，开始学习音乐方面的知识，并尝试着作曲。后来我与母亲和妻子搬到了上海法租界，由于上海有我家的产业，我可以以少东家的身份支取相当高的生活费用，也因此得以与上海的名流们交往。

当时，上海城南有一个组织叫“城南文社”，每月都有文学比试，我投了三次稿，有幸的是每次都获得第一名。从而与文社的主事许涣元先生成为朋友，他为我们全家在南城草堂打扫了房屋，并让我们移居了过去，在那里我和他及另外三位文友结为金兰之好，还号称是

“天涯五友”。后来我们共同成立了“上海书画公会”，每个星期都出版书画报纸，与那些志同道合的同仁们一起探讨研究书画及诗词歌赋。但是这个公社成立不久就解散了。

由于公社解散，而我的长子在出生后不久就夭折了，不久后我的母亲又过世了，多重不幸给我带来了不小的打击。于是我将母亲的遗体运回天津安葬，并把妻子和孩子一起带回天津，我独自一人前往日本求学。在日本我就读于日本当时美术界的最高学府——上野美术学校，而我当时的老师亦是日本最有名的画家之一——黑田清辉。当时我除了学习绘画外，还努力学习音乐和作曲。那时我确实是沉浸在艺术的海洋中，那是一种真正的快乐享受。

我从日本回来后，政府的腐败统治导致国衰民困，金融市场更是惨淡，很多钱庄、票号都相继倒闭，我家的大部分财产也因此化为乌有了。我的生活也就不再像以前那样无忧无虑了，为此我到上海城东女校当老师去了，并且同时任《太平洋报》文艺版的主编。但是没多久报社被查封，我也为此丢掉了工作。大概几个月后我应聘到浙江师范学校担任绘画和音乐教员，那段时间是我在艺术领域里驰骋最潇洒自如的日子，也是我一生最忙碌、最充实的日子。

如果说人类的情欲像一座煤矿，在不同的时期有不同的方式，将自己的欲望转变为巨大的能量。而这种转变会因人而异，有大有小、有快有慢、有迟有早。我可能就属于后者，来得比较缓慢了。

应事接物，常觉得心中有从容闲暇时，才见涵养。

——李叔同

山水间的生活

我家迁住白马湖上后三天，我在火车中遇见一个朋友，对我这样说：“山水间虽然清静，但物质的需要不便之外，住家不免寂寞，办学校不免闭门造车，有利亦有弊。”我当时对于这话就起一种感想，后来忙中就忘却了。

现在春晖在山水间已生活了近一年了，我的家庭在山水间已生活了一月多了。我对于山水间的生活，觉得有意义，又想起了火车中的友人的话。写出我的几种感想在下面。

我曾经住过上海，觉得上海住家，邻人都是不相往来，而且敌视的。我也曾做过上海的学校教师，觉得上海的繁华和文明，能使聪明的明白人得到暗示和觉悟，而使悟力薄弱的人收到很恶的影响。我觉得上海虽热闹，实在寂寞，山中虽冷静，实在热闹，不觉得寂寞。就是上海是骚扰的寂寞，山中是清静的热闹。

在火车里的几小时，是在这社会里四五十年的人生的缩图。座位被占、提包被偷等恐慌，就是生活恐慌的缩形。倘嫌山水间的生活的寂寞，而慕都会的热闹，犹之在只乘四五个相熟的人的火车里嫌寂寞，要往别的拥挤着的车子里去。如果有这样的人，他定是要描写拥挤的车子而去观察的小说家，否则是想图利去的pickpocket（扒手）。

我在教授图画唱歌的时候，觉得以前曾在别处学过图画唱歌的人最难教授，全然没有学过的人容易指导。同样，我觉得在社会里最感到困难的是“因袭的打破难”。许多学校风潮，许多家庭悲剧，许多恶劣的人类分子，都是“因袭的罪恶”，何尝是人间本身的不良。因袭好比遗传，永不断绝。新文化一次输入因袭旧恶的社会里，仿佛注些花露水在粪里，气味更难当。再输入一次，仿佛在这花露水和粪里再注入些香油，又变一种臭气。我觉得无论什么改造，非先除去因袭的恶弊终归越弄越坏。在山水间的学校和家庭，不拘何等孤僻，何等少见闻，何等寂寥，“因袭的传染的隔远”和“改造的容易入手”是实实在在的事实。

我从前往往听见人讲到子弟求学或职业等问题，都说：“总要出上海！”听者带着一种对于将来生活的恐慌的自警的态度默应着。把这等话的心理解剖起来，里面含着这样的几个要素：（一）上海确是文明地，冠盖之区，要路津。（二）少年应当策高足，先据这要路津。（三）这就是吾人应走的前途。所谓闭门造车，也是具有这样的内容的话。怀着这样的思想的人，是因袭的奴隶，是因袭的维持者。

闭门造车，是指说不符合门外的轨道的大小，造了不能在门外的轨道上运行的车。行车一定要在已成的轨道上吗？这已成的轨道确是引导我们走正路的吗？有了车不能造轨道的吗？在这“闭门造车”一句话里，分明表示着人们的依赖、因袭和创造力多么薄弱。

不造则已，如果要造车，一定非闭门造不可。如果依照已成的轨道而造，所造出的车子和以前已有的车子一样，就在已成的轨道上随波逐流地去了。即使已有的车子是好的，已成的轨道是正的，造车的效力也不过加多了车，不是造车的进步。何况已有的车子或者不好，已成的轨道或者不正呢？

“好久不到都会了，好久不看报了，退步了。”这样说的人也有。实在，进步是前进的意思，进步越快，离社会越远，离社会越远，进步越深（这是厨川白村说的）。子路说道：“吾过矣，吾离群而索居，亦已久矣。”这便是子路所以为子路。

“山水间生活，有利亦有弊”，这大概是指清静、空气新鲜、生活程度低等是利。需要不便、寂寞、闭门造车等是弊。这是要计较两方的利弊长短而取舍的意思。这话的内容和“新思想并不恶、时势变更了不得已而然的。但从前的习惯一概不好，也不能说”的话同是乡愿的话。

这话的变形，就是“凡物都有明暗两方面的”。这话固然不错，但我觉得明暗是一体的。非但如此，明是因为有暗而益明的。仿佛绘画，明调子因暗调子而益美，暗调子因明调子而也美了。断不是明面好，暗面不好。如果取明而弃暗，就是Ruskin（罗斯金）所谓：“自然像日光和阴影相交一般混合着优劣两种要素，使双方相互地供给效用和势力的。所以除去阴影的画家，定要在他自己造出来的无荫的沙漠里烧死！”

爱一物，是兼爱它的明暗两方面。否则，没有暗的明是不明的，是不可爱的。我往往觉得山水间的生活，因为需要不便而菜根更香，豆腐更肥。因为寂寥而邻人更亲。且勿论都会的生活与山水间的生活孰优孰劣，孰利孰弊。人生随处皆不满，欲图解脱，唯于艺术中求之。

世间的大人都为生活的琐屑事件所迷着，都忘记人生的根本。

——丰子恺

暂时脱离尘世

夏目漱石的小说《旅宿》(日本名《草枕》)中有一段话:“苦痛、愤怒、叫嚣、哭泣,是附着在人世间的。我也在三十年间经历过来,此中况味尝得够腻了。腻了还要在戏剧、小说中反复体验同样的刺激,真吃不消。我所喜爱的诗,不是鼓吹世俗人情的东西,是放弃俗念,使心地暂时脱离尘世的诗。”

夏目漱石真是一个最像人的人。今世有许多人外貌是人,而实际很不像人,倒像一架机器。这架机器里装满着苦痛、愤怒、叫嚣、哭泣等力量,随时可以应用,即所谓“冰炭满怀抱”也。他们非但不觉得吃不消,并且认为做人应当如此,不,做机器应当如此。

我觉得这种人非常可怜,因为他们毕竟不是机器,而是人。他们也喜爱放弃俗念,使心地暂时脱离尘世。不然,他们为什么也喜欢休息,喜欢说笑呢?苦痛、愤怒、叫嚣、哭泣,是附着在人世间的,人当然不能避免。但请注意“暂时”这两个字,“暂时脱离尘世”,是快适的,是安乐的,是营养的。

陶渊明的《桃花源记》,大家知道是虚幻的,是乌托邦,但是大家喜欢一读,就为了它能使人暂时脱离尘世。《山海经》是荒唐的,然而颇有人爱读。陶渊明读后还咏了许多诗。这仿佛白日做梦，也可暂时脱离尘世。

铁工厂的技师放工回家，晚酌一杯，以慰尘劳。举头看见墙上挂着一大幅《冶金图》，此人如果不是机器，一定感到刺目。军人出征回来，看见家中挂着战争的画图。此人如果不是机器，也一定感到厌烦。从前有一科技师向我索画，指定要画儿童游戏。有一律师向我索画，指定要画西湖风景。此种些微小事，也竟有人萦心注目。二十世纪的人爱看表演千百年前故事的古装戏剧，也是这种心理。人生真乃意味深长！这使我常常怀念夏目漱石。

既然无处可躲，不如傻乐。既然无处可逃，不如喜悦。既然没有净土，不如静心。既然没有如愿，不如释然。

——丰子恺

辑二

今天你会有好事发生

上海
Shanghai

开开心心地活，比什么都重要

死亡对于每个人来说都是恐惧的事情。它的可怕并不只是临死时身体的痛苦，更可怕的是死后留下的浩浩虚空。死后的葬礼无论豪华隆重还是简单素朴，任何人都只能化作灰烬肥沃土地而无法死而复生。

生前苦心孤诣求得的荣华富贵、功名利禄，死后如浮云般消散殆尽，怎不可悲、可叹？

人生中，路窄处，心宽走；路难时，慢慢走。谁出门还不遇上个雨天，人间还是晴天多。多些担待，为了好好活着；多些珍惜，自会坦然来去。

人这一生，活着的时间是有限的，而死后，谁也不知道我们到底会怎么样，是人们所说的投胎轮回还是什么也没有就此消失……所以人这一生要开开心心地活，为了不知道的结果好好活着！

生活的美妙就在于它的丰富多彩，要使生活变得有趣，就不断地充实它。

——［俄罗斯］高尔基

走得苦时，切勿太悲怆，生活里是没有绝路的，苦难是人生的阶梯，助你走出低谷和沼泽；走得快时，无须太得意，你的脚力总是有限的，不如放慢脚步把短暂的路走得精彩些。

放慢脚步，给自己的心灵放个假。不要成为生活的奴隶，填饱肚子之余，别忘了心灵也需要营养。人不能只靠面包生活，你的心灵需要比面包更有营养的东西。你有多久没有唱歌，没有到大自然中走一走，没有读书了？

人生就像一次旅行，人们总是忙于奔赴目的地，人们的心灵充斥着各种各样通往目的地的方法和手段，却往往忽略了路边的风景，没有给心灵片刻的宁静。

当你匆匆赶路时，你就错过了在路上的乐趣。你最好放慢步子，不要那么快，因为时光短暂，生命之乐不会持久。

人，需要适当的休息、放松和娱乐，需要时间来思考一些事情、整理一些思绪，需要停下来享受一下生活。

给自己一点品味生命的时间，在音乐、艺术、文学和大自然的世界里松懈紧张的情绪，保持一颗鲜活的心。别拿忙碌当借口，多听，多看，多关怀生命，即使是阴霾的雨天，也会出现欢乐的歌声。

闲暇不是心灵的充实，而是为了心灵得到休息。

——［古罗马］西塞罗

拥有快乐，才能拥有幸福的生活

其实，幸福离我们并不遥远，只要你有一颗肯快乐的心，就一定能够看到幸福的存在。你要做的是，掌控好自己的心舵，支配自己的命运，寻找自己的快乐。

人快乐的程度多半是由自己决定的。快乐，是精神和肉体的朝气，是希望和信念，是对自己的现在和未来的信心，是一切都该如此进行的信心。

快乐并不是遥不可及的东西，重要的是你要在自己的心里留给快乐一块田地。

快乐是一种心态，一种心灵的满足。拥有快乐，才能拥有富裕、幸福的生活。

不能明智地、正直地、如愿地生活，就无法快乐地生活。

——［古希腊］伊壁鸠鲁

快乐会在悄无声息中来访

快乐就是你在为实现自己目标的过程中，收获的最好礼物。当你把自己所想的事情慢慢变成现实的时候，那是怎样的一种满足！

人生最大的快乐，莫过于把自己的理想变为现实，实现自己的人生意义。

快乐，是一种感受，它取决于自己的态度。就算你拥有亿万财富，如果没有乐观的心态，依然不会快乐；即使你并不富有，但是你有一颗善于发现快乐的心，那你依然会很快乐。

快乐，是需要付出才能体会到的，不劳而获的快乐是不会长久的。人最怕的就是心灵的空虚，真正的快乐是建立在充实、有意义的人生之上的。

快乐是一种心灵上的满足，快乐是一种精神上的愉悦。快乐其实很简单，只需我们时刻保持一个积极乐观的心态，只要我们拥有自己为之奋斗的目标，快乐便会突然来访。

快乐往往在你为着一个明确的目的忙得无暇顾及其他的时候突然来访。

——［古希腊］苏格拉底

我真的很不错

一味地自怨自艾，只能滋生失望的心理，戕杀可怜的自信心；一味地忏悔内疚，只能自添忧郁烦闷，愈发消极悲哀；如若反复玩味挫折，咀嚼逝去的痛苦，只能更加心灰意冷，踏步不前。

拿破仑说："不想当将军的士兵不是好士兵。"

还有人说："谁把当总统的理想保持50年，那么他就一定能够成为总统。"

一个人只要相信自己是最棒的，那么他就能成为自己希望的那样的人。

这就是自信的魅力。

只有自信，才能够让我们感觉到自己的能力，其作用是其他任何东西都无法替代的。而那些软弱无力、犹豫不决、凡事总指望别人的人，正如莎士比亚所说："他们体会不到也永远不能体会到自立者身上所焕发出的那种荣光。"

在人生的大舞台上，每个人都是自己岗位上的主角。因此，我们不要总是被别人的言论所操纵，而要相信自己，肯定自己，每天告诉自己一次："我真的很不错。"

每天告诉自己一次："我真的很不错。"

——李嘉诚

世界上没有两片完全相同的树叶

世界上没有两片完全相同的树叶，同样，世界上也没有两个完全相同的人。你就是你，是独一无二的你。

每个人都有自己的特点，都有属于自己的事情要做，你根本不需要去模仿别人。别人的东西虽然好，却未必适合你。别人的缺点，也许恰恰是你的优点。人，只有找到属于自己的位置，才能最大限度地发挥自身的优势，实现自身的价值。与其羡慕别人、模仿别人，倒不如简简单单地做好自己，找到自己真正的优势所在，尽自己最大的努力去实现梦想。

每个人都有自己的活法，没必要去复制别人的生活。幸福没有标准答案，快乐也不止一条道路。收回羡慕别人的目光，反观自己的内心，自己喜欢的活法才是最好的活法。

肯定自己存在的独特性，品味自己的独特性，发挥自己的特性，真正地做回自己，人生才是美丽的、快乐的。

世界上没有两片完全相同的树叶。

——［德国］莱布尼茨

把人生过得有趣，是一件要紧的事

人生在世，不如意事十有八九。面对人生的不如意，我们不能消极面对，只有通过某种方式将自己心中的不快化解，才能让自己活得轻松。

倘若能够有一颗聪慧的、幽默的心，便可以化郁闷为动力。在不尽如人意的生活中，幽默能帮助你排解愁苦，减轻生活的重负。用幽默的态度对待生活，你就不会总是愤世嫉俗、牢骚满腹，你也能通过这种幽默的方式学会苦中作乐。

人们常说："笑一笑，十年少。"就是因为幽默能使人发笑，能调节内分泌系统功能，使人体的体液循环、新陈代谢发生变化，能诱发神经系统的兴奋性，以至有益于抗病及抗衰老。

幽默，代表着一种高尚的生活态度，优雅的生活观念。作为一个幽默的人，不但可以自我消遣，从而排除生活中的各种郁闷、压抑的情绪，而且还能把这种快乐传染给身边的人，从而建立起一种和谐的、健康的生活环境。让生活多一点幽默，多一些惬意，更多一分快乐和健康。

幽默是一种优良的、健康的品质，能使人们平淡的生活充满情趣，是生活的润滑剂和开心果。可以说，哪里有幽默，哪里就有活跃的气氛；哪里有幽默，哪里就有笑声和成功的喜悦。在人的精神世界里，幽默实在是一种丰富的养料。

不学会幽默和风趣，人就太苦了。

——［德国］康德

享受生命的魅力

细小的种子珍惜了上天的赐予，不断努力，根拼命往下钻，芽使劲往上挤，就是在坚硬的石堆中也毫不畏惧，只为了接受轻风的爱拂，阳光的沐浴；一只小小的蚂蚁为了难得的生命不被白白消磨，终日勤勤恳恳、忙忙碌碌；墙角的壁虎为了延续自己的生命，可以毫不犹豫地舍弃自己的尾巴。这些毫不起眼的动植物不忍生命白白消逝，努力争取享受生命的乐趣，进行不屈的抗争。自诩万物灵长的人类又岂能漠视生命的存在？

世间万物，各得其所，人的存在也有自身存在的意义，所以要珍惜自己的生命。生命是宝贵的，失去了生命，一切都无从谈起。

世界上最有力的武器不是坚船利炮，而是一颗活着、爱着、等待着的心。对生命的眷恋，对残酷现实的永不妥协，是对生命的珍惜。我们只有真正认清了生命的意义、生命的方向，才能懂得珍惜生命，好好活着。

我们的生命受到自然的厚赐，它是优越无比的。

——［法国］蒙田

认识自己，才能拯救自己

人常常能够看清别人身上的缺点，却永远找不出自己的弱点；常常无意中犯了错误，却根本不知道自己错在哪里；常常因为看到别人发生的事故而想避免自己发生，结果却重蹈覆辙。人类似乎永远逃不出自己的陷阱和宿命。

认识自己，就是发现自己的能力；认识自己，就是要找到自己合适的位置；认识自己，就是要时时反省自己；认识自己，就是要学会解读自己。

其实，人的高明往往不在于天赋，而在于懂得自我省察；人的成功往往不只在于能力和运气，而在于懂得及时地自我把握。当你迷茫、迷惑时，并不可悲；当你无知、自大时，才是最可悲的。因为，人只有真正认识自己，才能拯救自己。

认识你自己。

——［古希腊］苏格拉底

人最容易忘记的是自己

我们常常把眼光放得太远，总觉得最好的东西都在远方，都在其他人的手上，而忽略了我们自己。事实上，你手上握有的宝藏，不会比任何一个人少。问题的关键是，你要意识到自己的优秀，并且将其发挥到极致。这个世界上最优秀的人，其实是你自己。

成功人士都有一个共同的特点，即他们似乎都有着与生俱来的自信。正是这样的自信，让他们散发出与众不同的光芒。而事实上，他们不见得真的比别人优秀，可是他们相信在某一方面自己是最优秀的，于是他们就向着那个方向去努力了。

在这个世界上，从来就没有什么救世主。想要改变命运，你所依靠的只能是自己。当你的心已碎，以为失去了整个世界的时候，你有没有想过，也许正因为这样，一个新的世界即将出现在你的眼前，说不定比以前更好。

世上没有幸运的人，所谓幸运，只是因为对自己选择了相信，认准了目标，然后坚定不移地走下去；世上也没有不幸的人，所谓不幸，只是因为对自己丧失了信心，从而放弃了更好的生存方式。

人最容易忘记的是自己。

——［丹麦］克尔凯郭尔

人生乐在相知心

生活中什么都可以缺少，唯独不能缺少友谊。真正的友谊，跨越国界；真正的友谊，跨越身份地位。

有人说：和我一同笑过的人，我可能把他忘了；但和我一同哭过的人，却永远不会忘记。这就是一种作为患难与共的朋友，永远铭刻记忆深处的友谊见证。

可以想象，在同一片天空下你和他有同样的欢喜、悲伤，心里是一种什么样的感受。一个真诚的微笑，一次心灵的沟通，即使悄然无声，也远胜过那种虚张声势的海誓山盟。

珍惜友谊，等于珍惜生命。当你拥有了真诚的友谊，你的生活天地就会宽广，你就会觉得人生海阔天空，可以抛弃一切烦恼和忧愁，深感人世间的温暖和真情。你就会深切体会到一种当你在我身边的时候，你是一切；当你不在我身边的时候，一切是你的友谊和真情。流逝的岁月可以剥夺人生原本美丽的容颜，但剥夺不了人生真诚的友谊。

岁月可以远去，容颜可以老去，友谊却是可以天长地久的。友谊是生命的正能量。

岁月可以远去，友谊地久天长。

——［法国］蒙田

山河不足重，重在遇知己

上天决定了谁是你的亲戚，但你可以选择谁是你的朋友。

真正的朋友会在整个世界都离你远去的时候，仍然与你并肩。

你渴望有个人陪伴，你希望在自己不开心的时候，有个人听你诉说；你希望在自己开心的时候，有个人与你一起分享你的快乐；你希望在自己伤心的时候，朋友的双肩可以借你依靠；你希望在自己困惑的时候，朋友能为你解忧……这便是我们需要的好朋友。

一定要和那些能和你同甘共苦的人做朋友。只有交好朋友，你才不会孤独，才能走好人生之路。

在确保终身幸福的所有努力中，最重要的是结识朋友。

——［古希腊］伊壁鸠鲁

走进心灵的秘境

辜鸿铭曾说过："中国人的精神，过着心灵的生活。"而音乐无疑是中国人这种"心灵生活"的一个方面。

音乐，源自人类的精神，是人类灵魂的语言。德国伟大的音乐家贝多芬认为：音乐是比一切智慧、一切哲学更高的启示。音乐将福音传给众生，使人们相信梦想、欢乐、光明的存在。它犹如一盏明灯，帮我们驱赶灵魂的黑暗，照亮心田；它犹如火红的太阳，用自己独特的光辉照耀万物生长。

音乐，就像润物无声的细雨，悄悄洗涤着人类的心灵，影响着人们的道德、意志、品格、情操。

多听高尚的音乐，会使人们的情趣高洁；多听铿锵雄壮的声音，也会使人们意志坚强起来，情绪高昂起来。当你的心灵"干燥"，需要一点滋润时，徜徉在音乐中将会是一个最佳选择。

音乐和旋律，足以引导人们走进灵魂的秘境。

——［古希腊］苏格拉底

让自己快活，是一种好的活法

世人常常将自己的喜怒哀乐掌控在他人的一颦一笑间；常常，人们因为一句话而耿耿于怀，因为一件小事而坐困愁城；常常，人们因为别人犯的错而让自己大发雷霆。这一切，都是因为人们对自己缺少一份控制力。

生命中有风和日丽，亦有云遮雾障；有沁人心脾的甜，就会有彻骨的痛，谁都无法改变。所以，无论你遭遇了什么，都不要一味地生气。

对别人生气1分钟，自己就失去60秒的快乐。

人生短短几十年，何不让自己活得快活一点，潇洒一点。何必整天为一些鸡毛蒜皮的小事而生气呢？若心透明一些，多一点儿包容，少一些计较，那么我们就不会为一些小事而生气，也不会为了一些不顺心的事而烦恼。

不生气是一种好心态，更是一种好活法，是一种精神的解脱，更是一种理智的选择！

生气是拿别人做的错事来惩罚自己。

——［德国］康德

外界于我，皆是浮云

生活中，我们总是可以听到“我在乎别人怎样看我”的声音。很多人都容易受到外界的影响，甚至将对自己的评价和认识建立在他人的评价之上。

因为在意别人的评价而否定自己、怀疑自己、贬低自己，是一种不理智的行为。只有正确地评价自己、承认自己的价值，才有可能实现自己的梦想。

人要学会把握自己的心，不要在乎别人怎么看待自己，重要的是自己如何看待自己。

我们每个人都会有这样或那样的缺点，毕竟人无完人，这些缺点或许直接影响别人对自己的评价，但这不重要，只要自己一直坚信自己，就会发现别人眼中的不可能已经成为现实。

无论生活多么繁重，无论承受怎样的压力，我们都应该在尘世的喧嚣中，在尘世的繁忙中，找到这份不可多得的恬静。给自己的心灵一点安慰吧！给自己的心灵一份放松吧！让自己属于自己，让自己鼓励自己，让自己做回自己。

走自己的路，让别人说去吧！

人性一个最特别的弱点就是：在意别人如何看待自己。

——［德国］叔本华

身是菩提树，心如明镜台

一个人，在尘世间走得太久了，心灵不可避免会沾染上尘埃，使原来洁净的心灵受到蒙蔽和污染。心理学家曾说过："人是最会制造垃圾污染自己的动物之一。"

其实，心灵的房间也是如此，如果不把污染心灵的废物清除，势必会造成心灵的垃圾成堆，而原来纯净的内心世界，亦将变成满地污水，使人变得更贪婪、更腐朽、更不可救药。

大海自我净化的能力，是保持生机活力的一个重要保障，对我们的日常生活各方面均有很多启迪。"物洗则洁，心洗则清。"经常净化身体和心灵，便会洗出一个完美、全新的自我。如果我们拥有自我净化的能力，便能从容应对外在的一切，从而进退自如，左右逢源。

人的一生，就像一次旅行，沿途有数不尽的坎坷波折，但也有看不完的春花秋月。

如果我们的心总是被灰暗的风尘所覆盖，干涸了心泉、暗淡了目光、失去了生机、丧失了斗志，我们的人生轨迹岂能美好？

大海之所以伟大，除了它美丽、壮阔、坦荡，还有一种自我净化的功能。

——［德国］康德

活得轻松一点

人生一世，草木一秋，能够幸福地活一生，是每个人心中的梦想。但是怎样才能求得幸福呢？那就是要清醒地知道幸福之道的根本在我们自己。

当你拥有了一颗善于发现美好、快乐和幸福的心时，你就拥有了一双在纷乱的世界中找到幸福的眼睛，你就会是一个幸福的人。

仔细想想，也许我们根本不需要那么多。我们已经拥有了简单的幸福和快乐，难道这还不够吗？盲目追求幸福的结果，只会让我们离幸福越来越远。当我们用心去度过生命中的每一天，才会发现原来幸福就在身边。

我们要以清醒的心态、从容的步履走过人生的岁月，不要让贪婪填满我们的心田。要知道我们终生劳苦获得的财富和我们所能享受到的世俗的欢乐都只是过眼云烟，只有无欲的心才能给我们以安慰。我们可以允许财富进入我们的屋内，但永远不要让它主宰我们的心灵。

幸福不过是欲望的暂时停止。

——［德国］叔本华

亚里士多德将幸福分为三类：来自外物的幸福，来自灵魂的幸福，以及来自肉体的幸福。这种三分法还是有可取之处的。在我看来，人的命运出现差别的原因可以归结为以下三个方面。

第一，人是什么，从广义上说，就是人格，它包括性格、能力、气质、品格、理智以及教养。

第二，人拥有什么，即人拥有的财产和其他所有物。

第三，一个人在他人的评价中是什么样的。就像大家都了解的，通过已了解的东西，一个人在朋友们眼中的形象是怎样的，或者更严格地说，朋友是怎样看待他的，是通过对他的评价表现出来的，而评价又通过人们对他的敬意和他的声望体现出来。

使人们在第一方面出现差别的是自然，由此可以断定，和另外两个方面的差别相比，第一方面的差别对于是否幸福的影响要更为重要。后面两个方面的差别只是人为的结果而已。

显赫的地位，高贵的出身，如王侯将相，与真正的人格优势，如伟大的心灵或高尚的情操相比，充其量不过是舞台上的王侯而已，而后者才是真正的君王。

很久以前，伊壁鸠鲁最早的信徒——麦特罗多洛的著作中有一章的标题是这样：“幸福存在于自身之内，而非自身之外。”

就整个人生来说，幸福最基本的要素无疑就在于人的构成和人的内在素质。因为内心的快乐抑或是痛苦，首先是个人的感情、意欲和思想的产物，而环境只是间接地对人生产生影响。

因此，同样的外部事件对不同的人产生的影响也就不尽相同，甚至即便外在条件大都相同，人们依然可以独自生活在自己的小天地里。

人们对自己的观念、感觉，以及意志有最直接的理解，只有那些与生活有关的外部世界才能对人们产生影响，人们塑造成的生活完全取决于自身观察的视角。所以，它对不同的人表现出的色调也不同。对于一些人来说，它贫瘠、枯燥、浅薄；对于另一些人来说，它丰富多彩、趣味盎然、意味深长。

不少人在听说别人经历了一些让人高兴的事情后，就期待着同样的事情也在自己的生活中发生，而忽视了他们更应该关注的那种精神能力。

当人们讲述一些令人愉快的事情时，这种能力便会赋予这些事情独特的意义，这些事情对于天才来说，充满了快乐的冒险情趣；而在感觉迟钝的凡夫俗子眼中，则变得乏善可陈、司空见惯。

歌德和拜伦的很多诗作就完全是天才的杰作，但这些作品大都取材于现实。愚蠢的读者嫉妒诗人经历了那么多愉快的事情，却不去嫉妒诗人超凡的想象力，因为那些简单的事情正是因这种想象力才变得伟大辉煌的。

同样，自信乐观的人眼里令人兴奋的冲突性事件，在性格忧郁的人看来却有可能是一幕悲剧，而在心灵麻木不仁的人眼里则完全没有任何意义。

所有这一切都基于两方面因素——主观因素和客观因素协作，才能全面认识并欣赏事物。这两者密切地联结在一起，就像水中的氧和氢一样。

所以，面对同一个对象，虽然在经验中客观的和外在的因素可能相同，但由于主观因素和个人的鉴赏力不同，人们的看法可能千差万别，就好像这种客观与外在因素也是不同的。即便是世上最灿烂多彩的事情，在智力迟钝、愚蠢的人眼中也是乏善可陈的，这就像一幅在恶劣天气里的美丽风景画，或一架劣质摄像机拍下来的影像。

每个人无疑都被幽禁在自己的意识内，人无法超越自己，更无法直接走出上述界限。因此，外在的帮助对他并无太大意义。

幸福存在于自身之内。

——［德国］叔本华

笑口常开，好运自然来

我们已经知道，对于幸福来说，“人是什么”要比“人有什么”，以及“他人的评价”更为重要。“人是什么”，以及“人自身固有的东西”永远都是我们首先要考虑的事情。因为人的个性会永远地伴随着他，他的存在也因此而呈现出强烈的个人色彩。

一切的享受，如快乐，主要取决于自身，尤其是对于肉体的快乐，这一点所有人应该都会同意，精神的快乐更是如此。英语短语“自得其乐”（to enjoy one's self）就是对这类意思极为恰当的表达。我们看到人们会说“他在巴黎享乐”，而不是说“他享受巴黎”。

对于病态的人，所有的快乐都会变味，就像甘醇的美酒，在他口中总带有一股胆汁的苦味。因此，人生的幸与不幸主要取决于我们自身对待人生的方式，取决于我们一般的感觉能力的程度和性质，而很少取决于降临到我们头上的东西。

简而言之，人格及它所造成的一切，才是我们幸福和福祉唯一直接的源泉，其余的都只是媒介和手段，不会对幸福产生什么特别的影响。但人格的影响却完全不同。由个人品性所激发起的嫉妒为何最难消除，其原因也就在此。

此外，一些持久而且永恒的因素，在我们的经历和磨难中形成了我们的意识；在我们活着的每一时刻，我们的个性都在影响着我们；受到各种机遇和变故的制约，它对我们的影响只是暂时的、偶然的、转瞬即逝的。所以亚里士多德说：“永远长久的不是财富，而是品格。”

正因如此，对于来自外界的不幸，人们愿意忍受，而且通常也能忍受得住，但是对于来自自身的不幸却很难忍受，因为来自外界的运气会发生变化，而自身的品格却是固有的。

所以，对幸福起着首要的也是最重要作用的，是出自内心的幸福——高尚的品性、杰出的才智、优雅的气质、开朗的心境和完美强健的体魄，一句话，健康的身体加上健全的精神。所以，相较于看重外部财富和外在荣誉的态度，我们应更加注意保护和促进自身内在的东西。

最能使我们直接获得幸福的，莫过于愉快而美好的心境，这种良好的心境因自身而直接受益。快乐惬意的人总有他快乐的原因，任何来自外界的东西都无法代替这种性格。

如果你认识这样一个年轻人，英俊富有，受人尊敬，而且你想了解他是否幸福，那么你可以问他是不是快乐——如果他快乐，那么他是年轻还是年老，又或者是不是驼背，是贫穷还是富有，这又有什么关系呢？——追根究底他是幸福的。

我小时候曾读过的一本古书里有这样的话："你若笑口常开，你便幸福；你若愁眉苦脸，你便不幸。"这格言是多么简洁，正因其简洁，我才一直没有忘记。

所以，当快乐敲响了我们的大门时，我们就应当敞开大门欢迎它的到来，因为快乐的到来永远不会不合时宜。但我们却常常不这样做，而是为是否欢迎它而犹豫不决。我们想确信，我们是否有充足的理由感到满足，然而我们又担心精神的欢乐与严肃的反省、深沉的忧虑相抵触。快乐是一种直截了当的获取，它对于幸福就好比实实在在的现金，而不是银行的支票。

只有快乐能让我们在此时此刻获得眼前的幸福，此为我们的最大幸福，它存在于两个永恒之间的那一瞬间。我们追求幸福的最高目的，即促进这种快乐感并使之得到有效的保障。

你若笑口常开，你便幸福。

——［德国］叔本华

自给自足，自己即一切，无欲无求，才可以说“我只占有自身之一切”——毋庸置疑，幸福最主要的品质就是这一点。所以，我们没有必要对亚里士多德的名言——“幸福意味着自我满足”做出过多的重复。

实际上，同样的思想在尚福尔那措辞十分巧妙的话语中也出现过：“幸福不是可以轻易获得的东西，只有在我们自身中才能发现它，在别处是无法找到的。”

但是，当一个人确信不能依靠其他人，只能信赖他自己时，生活的重担和糟糕的处境，危险和烦恼——这些都是在与他人的交往中产生的——就不仅数不胜数，而且无法避免。

饮酒狂欢，追逐名利，生活奢侈，这些都是我们追求幸福的最大障碍；虽然它们会使我们的悲惨生活发生改变，会使我们享受到种种愉悦、欢快和乐趣，然而，同样地，这也是一个危险的过程——一个势必会导致失望和幻想的过程。在这方面，同样无法避免的附属物就是那不断变幻的谎言。

一切社会势必包括——这也是其生存的首要条件——成员之间的互相适应，以及社会对成员做出的制约。这表示，社会的规模越大，越让人感到乏味。只有当一个人独处时，他才是他自己；如果他不喜欢独处，那么，他肯定也不热爱自由。因为唯有当他孤独无依时，他才会享有真正的自由。

人们在社会中，常常感到压抑和紧张，这种压抑感就像社会必然存在的附属一样，让人难以摆脱。一个人的独立性越强，越无法成为与他人交往关系的牺牲品。应该根据一个人价值的大小来决定，对独居所持的态度是欢迎、忍耐还是逃避——当一个人独处时，可怜的人感受到的是他的所有不幸，而聪明人享受的却是独居的高尚伟大；简单来说，每个人都是他自己。

进一步说，倘若一个人的自然禀赋较高，那么他自然而然地会感到寂寞冷落，而且这是不可避免的。如果他周围的环境对他的上述感觉进行了干扰，那么，对他而言，这个环境就是不适宜的；倘若他必须面对许多与他性格不同的人，这些人将会向他施加种种影响，破坏他精神的宁静。实际上，他们会使他找不到自我，却又无法拿出任何东西来对他的损失进行补偿。

不过，人与人之间在肉体和精神两方面均由大自然确立起广泛的差异时，社会却漠视这些差异或试图消灭它们；或者，不如说它建立起了种种人为的差异——地位和身份的不同，这种不同往往与大自然建立的那些广泛的差异不同。这种分类的结果是，那些被大自然置于较低地位的人的身份抬高了，而那些在大自然中居于高等位置的极少数人的身份则降低了。在社会中，一旦占据多数的粗鄙者掌握了权力，少数优秀的人往往总是对这个社会退避三舍。

在社会中，权利的平等就是对伟大理智的冒犯，由此势必会要求平等，普通百姓对此欢呼雀跃；与此同时，能力的不平等代表着相应的社会力量的差异。

所谓善的社会——这种产物是非法的——对一切权利要求予以承认，却对理智要求予以否认；在这种社会中，人们被期待在面对各种形式的堕落和沉闷、愚钝和麻木时都能表现出无限的耐力。而如果要表现个人的优点就必须以谦卑的面孔出现，或者，只能藏而不露。理智的优越性之所以冒犯众怒，仅仅是由于它自身的存在，而并不是出于本意。

在所谓善的社会中，最糟糕的除了它让那些我们并不赞赏也不能让我们动情的人成为我们的朋友，更严重的是它还扭曲了我们的人性，让我们无法自然地发展。为了协调起见，我们在它的压迫下变得枯萎衰竭，或者我们的模样被彻底改变。

理智的对话——不管它是严肃的还是幽默的　只对理智的社会适用；它根本不适合普通人，对于后者来讲，它势必是陈腐不堪、令人感到乏味的。这就要求我们能够做到自我克制，为了变得像其他人那样，我们将不得不丧失四分之三的自我。

毋庸置疑，为了弥补我们在这方面的损失，这种交往也许会受到谴责。但是，一个人的价值越大，他越是发现他失去的要比他得到的多得多，而获利的则是对方。因为一般来说与他交往的那些人都是名誉扫地、道德沦丧者——也就是说，除了烦恼、无聊、厌恶或者自我克制（它能够反映一种必然性），他从他们那儿什么也得不到。所以，大多数社会建立的目的就是让这样一些人得益，而这些人将用自己的孤独来换取社会提供的益处。

不仅如此，社会为了给真正的——我所说的是理智的——优越性寻找一个替代物（很难碰上这种替代物，就算偶然发现了，也是让人无法忍受的），曾异想天开地采纳了一种不真实的优越性，这种优越性是以任意专横的原则为基础的，并且本质上是约定俗成的，就像是一种在较高层次流传的传统，它就如同一道可供替换的口令。不管在什么时候，只要这种虚假的优越性与真正的优越性发生冲突，它的弱点就会暴露无遗。进一步说，这种好的时尚的出现也正意味着缺乏好的理智。

一个人与除他自身以外的任何人——甚至包括他的朋友或生活的伴侣在内——都不可能完全和谐一致。气质与个性的差异或多或少都会导致不和——即使这种不和的程度可能非常轻。世间所能给予的最大恩惠，就是思想真正的平静、灵魂深处的安宁，以及身体的健康，而这些只有在独居中才能获得，而且，唯有身处绝对幽静之处方可达到这种平静和安宁持恒的心境。

所以，倘若说人自身之中有什么东西既高贵又有价值的话，那么他的这种生活方式本身大概就是可以在这个悲惨的世界中找到的最大幸福。

西塞罗对此是这样说的："一个人在这样的条件下势必会过上幸福的生活。"一个人在他自己心目中的地位越高，其他人在他心目中的地位就越低。啊，正是这种自我满足的情感阻止了那些具有极大个人价值的人做出如此巨大的牺牲——这种牺牲基于个人与社会之间的交往，更别说，一意孤行，真的实行自我克制了。

一般人喜欢社交，时而讨好卖乖，这根本就是另一种情感。

对于这些人来讲，独处比陪伴别人难得多，所以他们宁愿与人交往。除此之外，真正有价值的人在这个世界上得不到应有的尊重，而那些无足轻重的人却备受赏识。于是，隐退一下子就成了一个人品质高尚的证明和结果，而且还会是那些具有某种价值的人的真正智慧的表现。

一个人只有在独处时才能成为自己。

——［德国］叔本华

不要太在意自己的名声

尘世之人对他人对自己的评价相当好奇，希望自己给他人留下美好的印象，并以此证明自己相当伟大，证明自己被人看重。实际上无须在意他人的评价，须知那可谓百害而无一利。

何以如此说呢？这是由于人总是会做出错误的评价，因此想从他人口中得到让人满意的答案并不容易，那么失望就成了很自然的事。为了不让自己长久郁闷，千万不要过分在意自己的名声，更不要过分在意他人对你的评价。不然你就会心甘情愿地接受“部长”“社长”“老师”这些头衔，压根儿不清楚自己已经成了他人的眼中钉、肉中刺。

走自己的路，让别人说去吧。

——［意大利］但丁

就如同莫奈的点描画，倘若近看，实在无法看懂画的内容；只要略微站远一点儿去欣赏，你就可以看出画里的轮廓。

身处风暴中的人同理，距离越近反而越不知道怎么办，倘若略微抽离一点，你就可以发现问题的根源，找到事物的核心。

这种手法就是将复杂的事物简单化。有些人之所以被称为思想家，就是因为他们会先用此种手法将复杂的事物简单化，将核心抽离出来，因而与其他人相比，他们更容易看清楚事物的本质。

抽离一点，更能看清事物的本质。

——［德国］尼采

辑三

人间一趟，快乐至上

生活不在别处，好好珍惜当下

人生是一个连续不断的过程，过去、现在和将来组成了整个人生。过去是用来追忆的，现在是用来生活的，未来是用来憧憬的。

然而，现实中的人们却往往把这三个阶段混淆，沉浸于过去，幻想着未来，唯独忽略了现在的重要性。

我们都在赶路，却忘记了出路，在失望中寻找偶尔的满足。未来是不可预知的，我们唯有把握现在。

人活百岁，不过三万多天。当你做着将来的梦或者为过去而后悔时，你唯一拥有的现在正悄悄从你手中溜走。与其为了昨天的事情后悔不已，何不认真对待每一个今天；与其将生命寄托在遥不可知的未来，何不随缘面对每一个当下！

生活从来不在别处，只在眼前的每一分、每一秒。人只活在当下，没有你之前，地球已然存在；有了你之后，地球依然存在。茫茫尘世间，人不过是一粒浮尘，来自偶然，也不知去向何处。今世做人，就做好人的本分，不必追问前世，亦不必幻想来世。

活在当下，就是要我们用生命去体验眼前的生活，让我们把握时间，让自己的生命从虚空变得沉甸甸。只有活在当下，才能让我们拥有一个充实的过去和一个美好的未来。

当新的一天降临时，我们都是一个崭新的人，昨天已不复存在，未来还很遥远。因此，我们要好好珍惜现在！

没有人生活在过去，也没有人生活在未来，现在是生命确实占有的唯一形态。

——［德国］叔本华

糊涂一点，人生更从容

有些人，唯恐吃了亏，事事要争个明白，处处要求个清楚，结果到最后才发现：因为太清醒了、太清楚了，反倒失去了该有的快乐和幸福，留给自己的就只剩下清醒之后的创痛。

难得糊涂，糊涂难得。留一半清醒留一半醉，才能在平静之中体味这人生的酸、甜、苦、辣。

糊涂一点，人才会舒服，才会冷静，才会有大气度，才会有宽容之心，才能平静地看待世间这纷纷乱乱的喧嚣、尔虞我诈的争斗，才能超功利、拔世俗，善待世间的一切，才能居闹市而有一颗宁静之心，待人宽容为上，处世从容自如。

有的事不明白就不会牵肠挂肚，就会少一分烦恼。佛陀说："一切万法不离自性。"就是说人不可自寻烦恼，世人说我痴，我就痴给世人看。

我们最大的愚蠢也许是非常聪明。

——［英国］维特根斯坦

懂得自己的生命

我们不是这个尘世永久的房客，而是过路的旅客。因此我们对于人生可以抱着比较轻快洒脱的态度。既然人生而必死，什么也带不走，因此对于世间的一切就不必太过贪恋。不要活得太累，我们要学会珍惜眼前的生活，珍惜当下的时光。因为生活从来不在别处，只在眼前明明白白的每一分、每一秒。

生命如流水般消逝，一去永远不复还。一个人只有真正认清了生命的意义、生命的方向，好好地活着，才能懂得主宰自己的命运，才能懂得自己的生命。

存在就是被感知。

——［英国］贝克莱

闲暇之时，不妨去找寻乐趣

在喧闹的人群里，你听不见自己的脚步声。生命不应该只是疲惫的奔波，而应该是一次美好的旅行。

既然是旅行，就不要一直走，而是要时走时停。走的时候，是为了到达另一个境界；而停的时候，是为了更好地享受人生，也是为了更好地做一些有益的事情。

闲暇应该是生活中的一种散步，是在长途负重跋涉后身心彻底放松的休憩。

闲暇，是“采菊东篱下，悠然见南山”的恬淡心情，它强调的是对身外功利的一种遗忘。

真正懂得闲暇的人，是那些思想的探索者。他们在苦苦寻觅之后，也会驻足小憩，为生命找到一片草坪，把自己当作一床被子，静静地晾晒在阳光和微风间。

真正懂得闲暇的人，是那些心灵的朝圣者。他们在苦苦跋涉之后，会放下行囊，让心灵找到一片天空，把自己当作一只风筝，悠悠地飞翔在白云和蓝天下。

闲暇不是无所事事，闲暇就是为了做一些有益事情的时间。

闲暇就是为了做一些有益事情的时间。

——［美国］富兰克林

有了开阔的思想，便有了一切

帕斯卡尔曾说，人是一棵会思想的苇草。他再脆弱不过，一口气、一滴水就足以致命；但他又是不可战胜的，因为他有思想。人的全部尊严就在于思想。

如果一个人的心里没有了思想，那么他就开始接近于动物，无异于行尸走肉了。

人无法选择命运，但可以决定自己的思想，又间接地可以决定自己的命运。

管理好自己的思想，让自己的心灵明慧而通达，把自己最充沛的智慧集中于最擅长的地方，成功便指日可待。

思想有多远，你就能走多远；思想有力量，你的行动才更有力量。

有了思想，便有了一切。

任何人，一旦离开思想，最后剩下的也只是一堆肉。

——［德国］歌德

有希望的人生多姿多彩

在走向人生的征途中，最重要的既不是财产，也不是地位，而是在自己心中像火焰一般熊熊燃起的意念，即“希望”。

沙漠中总会存在绿洲，主要在于我们该如何去发现它，如何去寻找它。

保持希望的人生才是有力的，失掉希望的人生则通向失败之路。

永远不要说“没有希望了”。终场前什么都有可能发生，只管奋力去拼搏吧！自己吹响终场哨是犯规和愚蠢的，人生的终场哨就让死神去吹响吧！

希望能让漆黑的夜晚出现指路明灯，希望能让狂风暴雨后出现绚丽的彩虹。只要心存希望，人生就会多姿多彩，你，才能成为人生的胜利者！

世事之乐不在于实行而在于希望，犹似风景之美不在其中而在其外。

——丰子恺

生活的理想，是为了理想的生活

作家叶天蔚曾经这样说：“在我看来，最糟糕的境遇不是贫困，不是厄运，而是精神心境处于一种无知无觉的疲惫状态。感动过你的一切不再感动你，吸引过你的一切不再吸引你，甚至激怒过你的一切不能再激怒你。即便是饥饿与仇恨，也是一种强烈让人感到存在的东西，但那疲惫会让人止不住地滑向虚无。”

如果生活真的变得如此，像一潭波澜不兴的死水，像一幅永不改变的山水画，那么，我们该好好反思一下了。

这是你理想中的生活吗？这是你想要过的生活吗？

我们活着，就是要让生命活得有价值，而生命的价值在于是否拥有理想的生活。

理想的生活，不在于生命的形式，不在于你是富贵还是贫穷，只在于你是否有着一颗为了理想生活而奋斗的心，有着一颗懂得品味生活的心。

从此刻起，静下心来吧，品味你身边的一事一物，品味生活的美妙，品味人生的写意，为了理想中的生活而努力。

古之立大事者，不惟有超世之才，亦必有坚忍不拔之志。

——苏轼

保持健康的心态，做个健康的人

许多人具有超人的天赋，也拥有难得的机遇，却没有获得最终的成功，很大原因就是他们不善于保养自己的身体，这是人生最大的遗憾。

健康，不仅是个人的一种需求，更是一种社会责任。拥有健康是人们生活的基本需求，维护和促进健康是每个人必须承担的社会责任。

有位哲学家说：“保持健康是做人的责任。”要承担起这个责任，就必须充分认识健康的重要性。当你拥有健康时，你感觉是那么平常；可当你失去它时，你就会感到它是多么珍贵。

一个人失去了健康，不仅难以承担起原本应该承担的义务，还给家庭、集体、社会带来一定的负担。因此，每个人都要从增强社会责任感的高度，来认识和对待自身的健康，用实际行动来促进社会整体健康水平的提高。

世间没有一样东西比我们的身体更为宝贵，生命只有一次，健康的身体是我们拥有幸福生活的基础。

健康是生命的基石，是快乐的源泉。如果在生理上和心理上你是一个健康的人，那你也是一个快乐的人。

第一财富是健康，第二财富是美丽，第三财富是财产。

——［古希腊］柏拉图

认识自己，便什么也不会失去

认识自己，并不是一件简单的事，它要求我们必须从性格、爱好等各方面全面分析自己。只有正确地认识自己，才知道自己的缺点是哪些，优点是哪些，才知道哪些缺点需要改正，哪些优点可以继续保持。

人生是一个破茧成蝶的过程，在这个过程中，没有人能够帮助你，只有你自己；没有人能够拯救你，只有你自己；没有人能够改变你，只有你自己。

只有正确地认识自己，才能找到适合自己的位置！

认清自己是一种大智慧，否定自己、怀疑自己、贬低自己则是一种不理智的行为。因为只有正确地评价自己、承认自己的价值，才有可能实现自己的梦想。

一个真认识自己的人，就没法不谦虚。谦虚使人的心缩小，像一个小石卵，虽然小，而极结实。结实才能诚实。

——老舍

爱可以让快乐加倍

爱，是一种发自灵魂的芬芳，是一种深入骨髓的甜蜜，是一种无法替代的感情。爱，紧紧裹住每一个人的心灵。

爱是生命中最好的养料，哪怕只是一勺清水，也能使生命之树茁壮成长。也许这棵树比较平凡，也许这棵树很瘦小，甚至还有些枯萎，但只要有养料的浇灌，它就能长得枝繁叶茂，甚至长成参天大树。

爱，是我们的生命得以绚丽的原料。因为有爱，才让我们的生命得以五彩斑斓。

人生像一首歌，一首精彩的歌，在这首歌里，我们能听到花开花谢，流水鸟鸣……一首如此动人的歌曲如果送给有爱的人，那无疑是更动听的。爱，可以把快乐加倍，把悲伤减半。有爱的乐曲更动听，有爱的图画更美丽。

我把我整个的灵魂都给你，连同它的怪癖，耍小脾气，忽明忽暗，一千八百种坏毛病，它真讨厌，只有一点好，爱你。

——王小波

如果是玫瑰，它总会开花的

常言道：是种子，就会发芽，就会破土而生；是希望就会生根。只要相信自己，对任何事情不灰心，努力拼搏，一切皆有可能。只要你有自信心，就会披荆斩棘，踏平坎坷。

人，要对自己充满信心，才能战胜一切困难而获得最后的成功。要相信，是金子，总会发光；是玫瑰，总会开花。

自信的人是永远不会被击败的，除非你自己最后精疲力竭，无力拼搏。

自信是人生成功的基石，人的成功之路必须踏着自信的石阶步步登高。有了自信，人才能达到自己所期望达到的境界，才能成为自己所希望成为的人。

坚持自己所追求的信仰，无论在什么情况下，自信者的格言都是："我想我能行的，即使现在不能，以后也一定能行的！"

心可以碎，手不能停，该干什么干什么，在崩溃中继续前行，这才是一个成年人该有的素养。

——余华

弱水三千，只取一瓢饮

金钱的诱惑、权力的纷争、宦海的沉浮让人殚精竭虑，是非、成败、得失让人或喜或悲。一旦所欲难以实现，一旦所想难以成功，一旦希望落空，就会失落、失意乃至失志。

古人云："养心莫善于寡欲。"如果我们能把握住自己的心，驾驭好自己的欲望，做到寡欲无求，役物而不为物役，自然会觉得幸福了。

其实，真正的幸福源于内心的满足，而非物质的满足，因为物质是永远无法让人满足的。

真正幸福的人知道什么是满足，因为在满足中才能体味什么是幸福。在幸福的人眼里，一切过分的纷争和索取都显得多余，在他们的天平上，没有比知足更容易求得心理平衡了。

弱水三千，只取一瓢饮。懂得"知足、常乐"不仅能增添生活的乐趣，生活也会因此越来越美好。所以，我们要学会知足，学会在远处欣赏人生的美景。

幸福来自内心的平和。

——［德国］叔本华

突破狭小的自我，灵魂就有了欢乐

“当人突破了自我狭小的范围时，灵魂就有了欢乐。”人在本质上既不是他自己的，也不是世界的奴隶，而是爱者，人类的自由和人性的完成都在于“爱”。

什么是爱？爱是给予，爱是包容。爱是赠人玫瑰，手有余香。爱是海纳百川，有容乃大。

为了学会爱人，我们必须先学会爱自己。爱自己就是爱生命，我们必须了解，当我们令他人快乐时，就能令自己快乐。

今天，当我们被卷入盲目工作的旋涡，当我们为了功名利禄而奔波时，就变得冷漠了，变得自私了。

我们要学会突破自我狭小的范围，让灵魂得到升华；我们要学会改变、学会奉献、学会给予、学会包容，让爱的玫瑰在我们的手里开花、播撒……

爱让灵魂得到慰藉，爱让我们快乐相随。

人类的生命，不能以时间长短来衡量，心中充满爱时，刹那即为永恒！

——［德国］尼采

幸福属于满足的人

幸福是什么？

对于饥者，幸福是一箪食、一瓢饮；对于寒者，幸福是一身棉、一炉炭；对于学者，幸福是一本书；而对于那些永远不知足、欲壑难填者，幸福则是一种永远无法找到的感觉。

“谁不知足，谁就不会幸福，即使他是世界的主宰也不例外。”心里放不下身外物，于是欲望便随之产生，烦恼紧跟而来。只有放下一切，用宁静的心拥抱世界，才能世事洞明。

“布衣桑饭，可乐终身”是古人一种知足常乐的典范；“淡泊明志，宁静致远”中蕴含着诸葛亮知足常乐的清雅高洁。知足的人，当看到自己的欲望难以满足时，懂得理智地抑制不切实际的欲望，因而“只知耕耘，不问收获”。这样的人一般不会欲壑难填，不会被功名利禄所累。

无论何时何地，我们要学会用心去感受幸福。

“随遇而安”“知足常乐”，没有过多的要求，便能感到满足。有些东西锦上添花时便会被忽视，只有雪中送炭时方觉出一份幸福。

幸福其实很简单，懂得满足，人生就会充满快乐。

我不认为一个人非得成功，好的生活其实应该是稳定而自适的。

——梁晓声

疲累时，不妨停下脚步

你是否被繁杂的工作搞得疲惫不堪？是否被清晨的闹钟催得心烦意乱？是否被一堆家务累得筋疲力尽？如果是这样，你需要停下来享受一下生活了。

你可以选择一个独立的空间：一个假日的午后，或一个周末的清晨，享受那来自每一个细节的从容。一个人，静静的，不要担心时光正从身边缓缓流逝，不要考虑明天将要面对的烦恼。享受着，就是忘掉一切的理由。

一切隐逸的目的，我相信都如出一辙：要更安闲、更舒适地生活。

所以，当你感觉疲惫不堪时，当你感觉筋疲力尽时，你有必要为自己留出一方不受打扰的空间，给心灵一段完全没有压力与约束的时间。

觉得累了的时候，不妨停下脚步，让自己休息一下吧！要知道，休息不是懒惰，而是为了更好地前进。

休息并不是什么事情都不做，人的休息其实是对身体上某些损失的弥补。

——［美国］卡耐基

面对人生，洒脱一些

一个人的降生是依循着自然界的运动而生，一个人的死亡也只是事物转化的结果。生若浮游于天地之间，死若休息于宇宙怀抱，一切都没什么大惊小怪的。生也好，死也罢，平平常常，没什么可怕的。

生死都是自然现象。生与死组成了一个生灭不已的动态过程，生命日夜汇流向死亡的海洋，死亡的海洋是孕育新生命的摇篮。所以，我们对死亡要看得洒脱些，淡泊些。

承认生命的自然属性，当生则生，不当生则不生。生则好好生活，死则超然以对。这才是真正的解脱，真正超越生死的人生态度。

死生，命也；其有夜旦之常，天也。

——庄子

减少内心的欲望

也许你从未想过什么是痛苦，它为什么会存在着，根源又是什么。

衣食住行不能使我们满足，我们的欲望越来越多、越来越大。从想要被尊重、被爱、被看得起，到想要成功。

贪婪是幸福的天敌，要想真正获得幸福，就要学会淡定，学会知足。人活着，其实就是一种心态，你若觉得快乐，幸福无处不在；你为自己悲鸣，世界必将灰暗。

只要心态未改变，欲望会一直存在，并且会一次次卷土重来，一旦得不到就会让我们变得异常痛苦。

幸福不是得到得多，而是计较得少。当我们认识到这一点之后，学着平衡财富、权力、职位堆砌出来的自我，放下执着的心，重新审视你的内心世界，你会发现许多以前所没有发现的东西。

减少欲望，增加满足感，才能从贪婪中解脱出来；舍得放弃，甘于淡泊，才能获得心灵的安宁。

超过限度的欲望是痛苦的根源。

——［印度］克里希那穆提

拔除虚荣这根刺

通过日常的经验，我们知道，人们正是在这一点上不断地犯错误；绝大多数人极度重视他人的所思所想，更为关注他人的意见，而忽视了自己意识中的思想，忽视了对自己最为直接的东西。

他们颠倒了自然秩序——把别人的意见当成真实的存在，而把自己的意识当作某种含混不明的东西。他们本末倒置，舍本逐末，把别人为他们所画的像看得比他们本人还重要。他们试图从那间接存在的东西里得到真实而直接的结果，这样就使他们陷入愚昧的“虚荣”中。

“虚荣”这个词是对那种追求没有实在价值的东西的心理的最恰当表达。这样的人就像守财奴，忘却了应当追求的是目的，而去热切地追求手段。

事实上，我们对他人意见的重视以及为它所做的不懈努力，同我们在理智上所希望达到的结果极不相称。所以，对于这种对别人态度的关注，我们可以将其看作每个人与生俱来的迷狂症。

我们每做一件事，首先考虑的几乎都是“别人将会说些什么”，生活中几乎有一半的忧愁烦恼都来自我们在这方面的操心过度。

这种担忧归根结底不过就是一种妄自尊大的情感而已，因为它敏感到了几乎变态的地步，所以这种自尊心非常容易受到伤害。

我们的虚荣心、装模作样、自我炫耀，以及狂妄自大，都基于对他人看法的操心焦虑。如果没有了这种焦虑，穷奢极欲也就不复存在了。

任何形式的骄横，不管其种类或范围怎样改变，本质上不是别的，只不过是忧虑他人会怎么说而已，然而这种忧虑所付出的代价是多么大呀！这种忧虑在人生的每个阶段都存在，我们在儿童的身上也能看到这一点，而它在老年人身上所产生的影响更大。

因为当年岁已老，无法再享受声色犬马之乐时，浮华虚荣与骄傲横蛮便会恣意妄为，要求扩大它们的地盘。

幸福主要是心灵的平静和满足，所以要得到幸福，只能靠将这种担心别人会怎么说的本能冲动限制在理性的范围——这或许需要抑制现有的大多数情感，而不能依靠别的。

只有这样做了，我们才会将不断令我们痛苦的肉中刺、眼中钉除去。但是这极为困难，因为这种冲动乃是人天生的堕落本性。

塔西佗说："智者最难以摆脱的就是对名声的欲望。"制止这一愚蠢行为的唯一方法，就是清醒地意识到这是愚蠢的。通过认识下面的道理，我们就能达到这一目的：大部分人的意见是漏洞百出、不合常理、自相矛盾、张冠李戴的，所以它们丝毫不值得我们重视；并且，在很多种情况下，相对于各种生活事务，他人的看法对我们产生的真正积极的影响是非常少的。

同时，这种看法对人们如此不利，以至于一听到任何有关他们的事情或言论，他们就会非常焦虑。最后，我们应该清楚地知道，与其他许多事情相比，他人的尊重并没有直接的价值，它只有相对的价值。

如果人们能够摆脱这种愚蠢的行径，就可以获得现在所不能想象的心灵的平静和欢乐。如此一来，人们便会更加坚定和自信地生活，行为举止便会更加自由自在而很少拘谨不安了。

我们可以看到，幽静的生活对我们内心的宁静非常有益。其主要的原因就在于我们不再在别人的眼色中生活了，不再时刻和他人漫不经心的意见纠缠不清。换句话说，我们能够返璞归真，回到我们自己了。

同时，我们可以避免很多的不幸，这些不幸源于我们追求那些阴影，或确切地说，源于我们沉溺在一些有害的愚蠢行为之中。因此，现在我们应当将更多的注意力放在那些坚实可靠的实在的事物上，不断地享受它们。

我与我周旋久，宁作我。

——《世说新语·品藻》

生命在于把握当下

在现在与将来这两个着眼点之间保持恰当的比例，以免因为过多地关注其中的某一个而损害另一个，这是理智行为的另一个重要因素。

有很多人——我指的是那些无关紧要的人——只生活于现在；而另一些人则又沉溺于未来，总是愁思满腹，忧心忡忡。只有少数人可以在两个极端之间保持平衡。

我们既不应该沉湎于对往事的追悔惋惜，也不应该因牵挂未来而思绪不宁、焦虑企盼，而应该牢牢记住：只有当下才是实在的、确定的；过去常与我们曾经预料的相去甚远；未来也可能使我们的希望落空。

总而言之，不管是过去还是未来都不是我们所预期的。相同的物体，因为间距，在肉眼看来要小一些，但思想却能够把它想象得很大。

唯一真实可行的就是现在；只有它是富有现实性的时刻，我们的生存也正是在这绝无仅有的时刻才无比真实。所以，我们应该永远为此而充满欢乐，并把它应有的欢迎还给它，尽情享受每一时刻——因为充分意识到它的价值而从痛苦和烦恼中摆脱了出来——的快乐。如果对过去希望的落空难以释怀，又对未来的前景焦虑不安，我们是做不到这一点的。

由于为陈年往事懊恼和为未来担忧，而妨碍了眼前的幸福，或拒斥现在的幸福时刻，都是极为愚蠢的。当然，人一生中总有某些时候是深谋远虑却抱憾终生的。

然而，一旦往事成为历史，为使我们的情绪得以缓和，我们就应当想想，逝者如斯，并向它挥手告别——必须消除心灵对过去发生之事的悲伤，而使心情保持愉快。

至于未来，我们只能认为它不在人力所及的范围内，只有神知之——事实上神掌握着此种事。至于现在，尽我们最大的努力去愉快地迎接它，因为这是我们仅有的真实的时刻。

能够侵扰我们的只有那些势必会在某个不确定的时刻降临到我们身上的不幸，可是，几乎没有什么能够对此做出完满的说明。因为不幸或灾难有两种类型：或者只是一种可能，即便是极大的可能；或者是无法避免的。就算是那些难以避免的灾难，也不能确定其发生的具体时间。如果一个人总是保持戒备，那么他便永远无法得到安宁。

因此，倘若我们并不因为对灾难——其中，有的将在某个时刻发生，有的本身就是不确定的——的恐惧而将生活中的全部乐趣通通放弃，我们就应该要么把它们当作根本就不可能发生的灾难，要么把它们当作短时间内不会发生的灾难。

因此，一个人心灵的宁静越是能够不被恐惧所侵扰，就越是可能会被欲望和期待所骚动。这就是歌德那首诗——它适用于所有人——的真实含义：“我已将一切抛却。”

唯有当一个人抛弃所有虚伪自负并且求之于非文饰的、赤裸裸的存在时，他才能够达到人类幸福的根基，即心灵的宁静。心灵的宁静是一切片刻享乐的本质；而且，人生之乐一眨眼就没了，必须抓紧现在的每一分每一秒。我们应当一直牢记：今日只有一次，一旦失去，就再也回不来了。我们总觉得明日还会来；然而，即将来临的明日已是新的一日，而且，它也是一去不复返的。

每一天都是一个整体，所以也是生命中无法被替代的一个部分，然而，我们经常忘记这一点，却习惯于把生命看成无法体验的观念或名称——如果是这样，将个体包容在自身之中的生命便被破坏了。

我们应当在那些幸福而充满生气的美好日子里，尽情地欣赏和享受；就算是在悲苦忧愁的时候，我们也应该回想过去的每一寸光阴——在我们的脑海中，它们仿佛远离痛苦与哀伤——是如此令人妒羡。犹如失却的伊甸园一般的往昔，仅在此时，才能使我们真切地体会到它们是我们的朋友。

可是，我们在欢度幸福时刻时却没有珍惜它们，只有在灾难将要来临时我们才希望它们能够归来。在无聊的事务之中，无数欢快和愉悦的时光都被消磨殆尽；我们经常因为各种不愉快的琐事而与这些愉快的时刻擦肩而过，一旦灾难降临，我们却又会为了它们空叹。

当下的那些时刻——哪怕它们并不是平凡而普通的——通常都会被漫不经心地消磨过去，甚至迫不及待地被人置于一旁，而事实上它们才是我们应该引以为傲的时刻；人们从来没有想过流逝的时光正不停地把现在变为过去——在那里，记忆让一切变得理想化并永远闪烁着光芒。后来，特别是在我们面临窘境的时候，面纱才会被揭去，而我们则为之终生遗憾。

空冥的猜想可以负载任意的梦境，而实在的答案便会限定出真确的痛苦。

——史铁生

好好睡觉是治愈生活的良药

当你陷于情绪低潮，厌恶一切事情，做任何事情都没精神时，应该如何振作精神呢？是从事娱乐活动，是接受当下流行的芳香疗法，抑或是吃维生素片、外出旅行或喝酒？

相比饱餐一顿后，好好地睡一觉，且比平时睡得更久一点，以上那些方法都是无效的。

当你醒来时，就会发现自己已经改头换面，充满活力。

我想过上一种不被闹钟吵醒的生活。

——余华

每个人都可以选择自己的路

我为了实现个人真理而采用不同的方式，让自己不在一个阶梯的高处眺望远方。

我宁愿询问道路，宁愿亲自尝试，而不愿询问他人。

我喜欢的是尝试和质询。

这绝对是我个人的喜好，谈不上好坏，我并不会因为害羞而刻意隐瞒。

“这就是我的路，你的路呢？”我对于那些向我问“路”的人给出这样的回答，因为人人均可以选择自己的路！

一个人至少拥有一个梦想，有一个理由去坚强。心若没有栖息的地方，到哪里都是在流浪。

——三毛

我心安处即安居之所

你是否会到相当多的国家旅行，为的是寻找适合自己生活的国度？你是否会走遍世界各地，只为寻找适合自己的安居之处？

实际上根本无须如此大费周章，你要做的仅仅是让自己感到安稳，那就是最适合自己的地方。不管是身处喧嚷的城市，还是置身于僻静的荒野，倘若可以强烈地感受到一股安稳的力量，那就是安居之所。

因为世事无常，心安即是归处；愿你历经沧桑，永葆天真模样。

——季羡林

别过于在意他人的看法

如果将一个人自身的本质与目的的价值同别人对他的评价的价值作一对比，我们的幸福就会源远流长，绵延不绝。前者包括了我们在活着时的一切，包括使生活获得其本质的东西，简单来说，包括我们在人格与财产两类中的一切优点；在此范围内所发生的一切都存在于人们自己的意识中。

然而，在别人眼中的我们的范围里所发生的一切，都存在于他们的意识中，而不是我们的意识中；这包括我们在他们眼中的形象，以及由此激发的种种看法。但是，这些对我们的生存并没有直接的或最接近的影响，它们只能间接地对我们产生影响，到此为止，以及只有在他人的评价使我们的行为举止发生改变时，它的影响才是直接的；它只有在能够削弱我们的本质和目的时才会影响我们。除此之外，他人意识中的一切对于我们都是次要的。

一旦我们看到，大多数人的思想是那么无知浅薄，观念是那么狭隘，情操是那么平庸粗俗，意见是那么恶毒，他们错误频出，无比荒谬。而且，当我们由经验得知，有人在背后诋毁他的伙伴，而他并不害怕对方，或者他知道他的话并不会传到对方耳朵里时，我们便会立即对别人的意见置之不理。

如果我们有机会看到，面对傻瓜，伟人是如何泰然自若、轻描淡写，那么我们就会明白，过高地估价他人所说的话，未免太尊敬他们了。

总之，有人情况极差，他不能在我们前述的两种情形中得到任何幸福，只得在第三种幸福中去寻找，换句话说，他不能在他自身的本质中找到幸福，而只能寄希望于别人看待“他是什么”。

但我们的体格是整个幸福本质的基础，所以健康是幸福最为本质的要素，其次是维持我们独立自主、无忧无虑的生活的能力。一方面，在这两者之间既不存在谁更优先的问题，也不能相互替代；但另一方面，我们又给后者，给荣华富贵更高的评价。如果必须那样做，人们为了前者会毫不犹豫地牺牲后者。

如果我们及时认清了这一简单道理，即任何人的首要价值及真正的人生都掌握在自己手里，而并非在别人对他的看法里，那么，我们个人生活的现实条件——健康、气质、能力、收入、妻子、孩子、朋友、住宅等，对我们的幸福来说，要比别人对我们的看法重要千百倍。认清了这一点，我们便会尽力营造我们的幸福，否则，我们便会苦恼不堪。

如果有人认为，受人尊敬的生活更为重要，那么他的意思是，和别人的意见相比，美好的生活毫无价值；当然，这种说法有些夸张，只是用来表明这一实实在在的真理："如果我们想在这个世界上迈步前进，别人对我们的看法，即名誉，是不可或缺的。"

但我们还是回到现在这个问题。我们看到，人们费尽心机，历尽千难万险，几乎毕生所求的所有的东西，不外乎提高别人对他的评价；我们看到，人们不仅把官职、头衔、勋章，而且把财产，甚至知识和艺术，作为全部努力的最高目的来追求，仅仅是为了求取同伴们更多的尊敬，这些不正是人类极度愚蠢的可悲的证据吗？

过分地重视他人的看法，是人类共有的顽疾，它或许源于人类的本性，或许是文明及一般意义上的社会安排所带来的后果。但不管它的来源是什么，它无疑对我们的所作所为产生了不好的影响，而且十分有害于我们的幸福。

我们可以从以下几方面进行考查，即畏惧他人的意见，且抱着盲从的态度，最终引发这样一种情感，正是这种情感造成了弗吉尼厄斯将匕首刺进女儿心脏的悲剧，或者诱使许多人为了死后的荣耀而牺牲平静、财富、健康，甚至生命本身。这种情感无疑是人们手头上用来控制和支配其同伴的极为便利的工具。

因此，我们可以看到，在所有训练人性的计划中，保持并进一步加强渴求荣耀的情感占有一席要地。

但是，至于它对幸福的影响，那又是完全不同的另一回事，我们在此处讨论的是人的幸福，而且，我们更感兴趣的是奉劝人们不要过多地考虑他人对自己的看法。

如果别人说你两句，你就受不了，被别人说两句话干扰得吃不好，睡不好，你想你得多脆弱啊！

——杨绛

沉着冷静地应对灾祸

在一个计划付诸行动之前，你要作审慎和周密的考量；并且，就算你已经在心中有过反复思考，但人类自身判断力的局限性也会造成各种问题；何况意外情况时有发生，例如，常常会突然出现各种无法预见的状况，让你的精心谋划变成一场空。这是从反面来考虑问题——它告诫我们在重大问题上不要做一些徒劳无功的事，不要将宁静扰乱。

不过，一旦下定决心并开始行动，你就要坚持下去，直到做出成就——既不能让新想法对已经做好的决定做出干扰，也不能对未知的风险心生顾虑，而要让你的意志彻底挣脱这些困扰，不再去对它们进行探究，要相信你已经在适当的时机慎重地考虑过这些问题。

同样的忠告也出现在一则意大利格言中，歌德是这样翻译它的："欲骑则须细备鞍，上马则应勇向前。"捎带提及一点，歌德以《谚语》为标题发表的许多格言，都是翻译自意大利文。

倘若你以失败告终，那也是因为生活这场游戏本身就是充满侥幸和失误的。就连最伟大的智者苏格拉底也需要他的守护神的忠告，好让他在自己的个人事务中能够正确行事，或者，至少不犯错误。这证明人类的理智无法完全胜任它所承担的重负。

有这样一种说法——据说最初来自蒲柏的作品——当我们遭遇不幸和灾难时，至少在某种程度上，我们自己应对其负责。

假如说，并不是绝对每次都是这样，但也一定在绝大多数情况下都是这样。看上去，这似乎与人们为了逃避不幸而竭尽全力地奋斗有莫大的关系，因为他们害怕自己所遭遇的不幸会使他们应承担的责任暴露，所以他们总是乐观地对待来临的灾难。

当灾难已经发生，且不能加以改变的情况下，你就不该再为当初感到后悔，更不能说或许用这样或那样的方法就可以避免它；因为这种反省只会增加自己的痛苦并使其变得愈加无法忍受，如此，你将会成为一个自我折磨者。我们还是向以色列大卫国王学习吧，他的儿子因病卧床不起，他就会一直祈祷，恳求耶和华能让他的儿子康复如初。不过，当他的儿子死去时，他却打了一个清脆的响指，之后就不再为他费心了。虽然有些夸张，但是倘若灾难降临时我们不能继续无忧无虑地生活，那就只有向宿命论寻求安慰了，我们将清楚地知道必然会发生这一切，所以这些都是无法避免的。

不管这一忠告多么真实可信，它都是不完整的、片面的。但当你的灵魂得到解脱、获得短暂的安宁时，这一忠告的作用就是巨大的；但是，当你的不幸来自你自己的愚昧或轻率，或者，至少在一定程度上是你自己的错误造成的，考虑怎样去避免这种盲目或错误则是有益的。虽然这是个非常敏感的问题，但时常反省思考——一种自律的适宜形式——能使我们在日后变得更加聪慧，更加完美。

如果我们发现了错误，就不应该像一般情况下所做的那样——托词狡辩，或文过饰非；而应当承认我们的错误，并认清这些错误所造成的所有恶果，避免今后重蹈覆辙。毋庸置疑，这种自我惩罚会非常痛苦，但是，我们应该记住：孩子不挨打是不会成器的。

在所有与我们幸福与痛苦有关的事物中，我们应当小心的是不要在幻想的驱使下去构建虚无的空中楼阁。首先，要为其付出高昂的代价，因为我们必须马上推倒它们，因此便会造成种种痛苦和悲哀。

我们还要提防不要在想到那种子虚乌有的灾祸时悲伤难过。如果这些都是胡编乱造的，或者是可能性非常小的灾难，我们就该立刻从虚幻中清醒，并认识到全部的情境只是一种幻觉；那么我们会更加热爱真实生活而非虚假的梦幻，最多只会提醒自己还有可能会发生不幸——虽然这种可能性微乎其微。

不管怎样，这些都不是想象力喜爱的事物，而只是我们在无所事事之时幻想出的空中楼阁，而且呈现出的画面总是使人感到愉悦。

真正在一定程度上威胁我们的灾祸是那种会引起可怕梦魇的事物，虽然它和我们还有一段距离。但我们能借助想象透过虚幻的表象看到或许会发生的灾祸，从而让它们看起来要比真实的灾难更加恐怖，更加严重。

这种梦幻非常奇特，它不像令人愉悦的美梦那样一醒过来就能够轻易摆脱；因为，在现实中甜美的梦很快就会破灭，最多剩下尚有可能性的一点淡淡希冀。我们只要沉湎在悲观沮丧之中，幻觉——它不可能这么轻易地消失——还会产生；因为人们总是可以认识到幻觉。

不过，我们往往无法对可能性的精确范围进行预算，因为可能性常常轻而易举地就会变成可能的事物；于是，我们便开始自我折磨。所以，我们千万不能杞人忧天，徒增烦恼；而应沉着冷静、泰然自若地思考问题，尽管这个问题并不直接与我们相关。我们不应当在这里发挥想象的作用；因为，想象与判断不同——它只会产生幻觉，而这些幻觉常常带来一种没有益处的，甚至是非常苦痛的心情。

无事时，戒一偷字；有事时，戒一乱字。

——李叔同

辑四

不要焦虑，让我陪你去热爱世界

人生是旷野

外在的名声和生命相比，哪一样与你更亲近呢？生命与财富相比，哪一样对你更重要呢？获得世界与丧失生命，哪一样才是有害的呢？

过分地爱名就必定要付出重大的代价，过多地藏货就必定会招致惨重的损失。所以，知道满足就不会受到屈辱，知道适可而止就不会带来危险，这样才可以保持长久。

当代社会无处不充满着名利的气息，古时候那种“采菊东篱下，悠然见南山”的生活已经变成了奢侈。人们为了生存和发展而互相竞争着，每个人都像绷紧的弦一样，被时代的洪流和自身的欲望驱使着向前奔跑。

我们是不是应该稍稍放缓脚步，让自己的人生从容一些、健康一些呢？

如果没有了健康，一切都等于零。当你真的将生命透支以后，你能知道自己还能走多远吗？

生命对于每个人来说都只有一次，没有任何事可以成为你破坏健康的理由。

健康地活着，不是因为要坚强，是因为别无选择，生命是尊贵的。

名与身孰亲？身与货孰多？得与亡孰病？

——老子

人，生而自由

世人总是将名与利作为成功的标志和象征，这种世俗的观念使得很多人为追求功名利禄而一生被名利所牵绊。

“名”是缰，“利”是锁，一旦沉溺于名利，生活就会被它们所牵引着，名利的得失就成了判断人生的标准。名利散发着夺目的光辉，很多人都想将其据为己有，因而人们奋不顾身地扑向名利，却不知道在我们得到名利的同时，也将名利的绳索套在了自己的心上。当我们初次尝试名利的光环带给我们的益处之后，我们就很难再摆脱名利的纠缠。当名利的绳索越收越紧的时候，我们的生活就会痛苦无比。

一个人若是痴缠于名利，那么名利就会占据他生活的全部。当这种想法被无限放大之后，他将无法感知生活的乐趣。名利还有一点更可怕，那就是它一旦进入人的内心就无法得到满足，即使我们能够求得名利，依然难以体验到生活的快乐。

一个人，乃至整个人类都是有限的，而人的欲望却是无限的，这就是世人难得洒脱的根本原因。因此，要获得洒脱，我们就必须看清自己究竟能够做什么，应该做什么，从而清楚地知道自己应该获得什么，能够获得什么，自然地放弃本不属于我们的东西，欣然地接受得到的东西。这样，可能就会洒脱了。

生活里谁都知道洒脱一些好。生活的纠缠如此多，心头的负担那么重，洒脱就成了一种奢望。其实洒脱就是一种简单的转身，是一种做人的品行，给生命一份洒脱，也算没有白活。

人是生而自由的，却无往不在枷锁之中。

——［法国］卢梭

没有绝对幸福的人，只有不肯快乐的人

人生，无法预料，幸福与快乐都在自己的掌握之中。你不能控制别人，但你可以掌握自己。

亚里士多德说："快乐操之在我。"不是因为财富、事物和单一事件，而是因为你知道你能有创意地去处理人生的遭遇——不管是好是坏。快乐的起源就在于你选择过日子的方式。

自己的快乐是由自己控制的，你可以在自己的生活过程中寻求到属于自己的快乐。真正的快乐，是追求理想的过程，是充满温暖的笑容，是五彩斑斓的美丽，是通往梦想路上的体会，是在有限的生命中做出无限的、有意义的事情。这一切，你都是可以带给自己的。

快乐是自己创造的，是由自己决定的，不是别人给你的。所以，我们应该保持一颗善于发现快乐的心，用自己的努力去实现自己的梦想，在实现梦想的道路上体会痛苦，体会欢乐，体会人生百味，最终你会得到属于自己的快乐。

要知道，在这个世界上，没有绝对幸福的人，只有不肯快乐的人。

快乐之权，操之在己。

——梁启超

把握自己的命运

人们在遭遇不幸和挫折时，往往会把这一切认为是命运的捉弄。既然命中注定自己要承受这样的痛苦，与其挣扎着改变，不如顺应天命，默默承受。但哲人也曾告诉我们：没有冥冥之中的“命”，即使有，命运也是掌握在我们自己手中的，只要你有勇气，你永远是自己人生的主人。

在漫长的人生旅途中，我们总会碰到暗无天日的境遇，我们不能控制逆境的出现与否，但是我们却能够和它抗争。因为命运掌握在自己的手中。

每个人都希望自己是一个成功者。成功意味着赢得尊敬，成功意味着胜利，成功意味着最大限度地实现自我价值。只要你有强烈的成功意识，只要你态度积极、坚韧不拔，只要你信心十足，只要你有崇高而坚定的信念，只要你能够发挥你的性格优势，就一定可以把握自己的命运，获得最后的成功。

你的命运藏在你的胸膛里。

——［德国］席勒

生活总要有激情相伴

生长在墙缝中的小草，虽然它生长的周围是砖石，是非常狭小的空间，但它依然青翠欲滴，彰显着勃勃生机。宇宙中任何生命，只要存在就要表现出自己本身的生命力。人当然也不例外，我们活着，就要活得有生机、有激情，表现出生命的张力和活力。这样的生命才是有意义、有价值的生命。

没有激情，军队就不能打胜仗，雕塑就不会栩栩如生，音乐就不会如此动人，人类就没有驾驭自然的力量，给人们留下深刻印象的雄伟建筑就不会拔地而起，诗歌就不能打动人的心灵，这个世界上也就不会有慷慨无私的爱。

有激情才会有希望。生命中充满热情，生活便每天都充满阳光。

生活是怎样的一番景象，全靠自己如何去体会。如果你总是处在沮丧中，你看到的景色也会是悲凉的；如果你保持热情，那你看到的每一处景象都会是曼妙而精彩的。

激情是一个人的能力得到最大限度发挥的催化剂，它能够敦促你不断向前，不知疲倦。而且在困难面前，激情能够帮你恢复斗志。任何时候，都要让自己保持一份激情，对于自己的人生，对于自己的事业都是有很大好处的。

激情让你时刻保持一颗年轻向上的心，激情让你斗志昂扬，激情让你有更好的人际关系，激情让你更容易得到别人的肯定，激情焕发的你更容易成为一个群体中的焦点。所以，什么时候我们都不能丢掉激情。

激情是使航船扬帆的骤风，有时也使它沉没，但没有风，船就不能前进。

——［法国］伏尔泰

不绝望，才会有希望

困难再多，挫折再大，不幸终会过去的。

每个人都会遇到困难和挫折，良好的心态会使不幸的时间缩短。

人总会遇到挫折，会有低潮，会有不被人理解的时候，会有要低声下气的时候，这些时候恰恰是人生最关键的时候。在这样的时刻，我们需要耐心等待，满怀信心地去等待。要相信，生活不会放弃你，命运不会抛弃你。如果耐不住寂寞，你就看不到繁华。

稳重而平和的心态会让一个人发现挫折能带给他意志的磨炼和技能的进步。

人生不绝望，才会有希望。

黑夜无论怎样悠长，白昼总会到来。

——［英国］莎士比亚

人生来是为行动的

每个人都有自己追求的梦想，也曾制定过无比远大的目标，可对于很多人来说，那只是一时的心血来潮。制定完目标，便把它束之高阁，没有为此付出行动，也没有坚持下去，最后只能是一事无成。要知道，心动不如行动，目标既然已经制定好了，就不要犹豫，坚定地投入行动中，有行动才会有机会。

行动既是一种习惯，也是一种做事的态度，是每一个成功者所共有的特质。

比尔·盖茨曾说：“想做的事情，立刻去做！”当“立刻去做”从潜意识中浮现时，就应立即付诸行动。

行动就像火种，一旦点燃，便会燃烧出熊熊大火，一发而不可收。只要我们去行动，就会有一扇门为我们开启；如果我们不付诸行动，那么属于我们的那扇门就永远是关着的。

没有行动，一切梦想与计划都不过是镜中花、水中月，而会永远停留于幻想中。

只有行动并坚持不懈，才能达到自己的目的。

人生来是为行动的，就像火总向上腾，石头总是向下落。

——［法国］伏尔泰

希望是人生的兴奋剂

希望，是生活当中的阳光；希望，是生命当中的甘泉；希望，是人生快乐的音符。每天给自己一个希望，那么我们的人生就一定会多姿多彩。

约翰逊说："尽管希望愚弄人，但人仍然需要希望，因为希望本身就是快乐。"

在通往理想的征途当中，经常是荆棘丛生，穷山恶水挡道。而面对眼前无法避免的困难时，我们需要希望来指引我们克服困难。

海明威说："人可以被毁灭，但不可以被打败。"因为只要你心中拥有了希望，任何外来的不利因素都扑不灭你对人生的追求和对美好未来的憧憬与向往。人生难免经历坎坎坷坷，有时还可能会陷入某种困境之中。在这个时候，请你点燃起新的希望吧。

生命是有限的，但是希望是无限的，只要我们不忘记每天给自己一个希望，那么我们就一定能够拥有一个丰富多彩的人生。

强烈的希望是人生中比任何欢乐更大的兴奋剂。

——［德国］尼采

人生的价值是由自己决定的

种子选择了泥土才能成就蓬勃的绿，再饱满的种子也难以在花岗岩上扎根；沙粒选择了贝壳才有机会变成夺目的珍珠，否则它就是无垠的沙滩上被踩在脚下的一粒沙。

一个人的价值取决于他所在的位置，这个位置不必多么尊贵，多么崇高，但一定要合适。

我们每个人都应该是自己的主宰，做自己人生的导航员。没有谁比你自己更能决定你的命运！

人生路上，我们会无数次被自己的决定或碰到的逆境击倒，甚至被碾得粉身碎骨。但无论发生什么，我们永远不要丧失价值。生命的价值不因我们身份的高低而改变，也不仰仗我们结交的人物，而是取决于我们自身！

只要知道自己言谈举止背后的意义，坚持走下去，即使付出再大的代价，也无怨无悔。这样，在不断地抉择中，每个人都将形成自己的风格，去完成自己一生的使命。

只要有信心、肯努力，生命的价值就能维持在最高点。

当你失去所有身外的价值时，别忘了你还有生命的价值；当你费尽力量，提升财产的价值，却失败的时候，别忘了你还有一样绝对操之在己的东西——生命的价值。

人生的价值是由自己决定的。

［法国］卢梭

心动，不如即刻出发

有些人经年累月被禁锢在城区闹市，心灵被忙碌、工作、生活充斥着，很少体验大自然中原汁原味的甘甜。其实，在我们的内心深处，都是非常向往大自然的，向往着那山清水秀的地方。

背起行囊，独自去旅行吧！

当我们泛舟洞庭，诵起孟浩然的“气蒸云梦泽，波撼岳阳城”时；当我们傲立泰山，吟着杜甫的“会当凌绝顶，一览众山小”时；当我们仰观瀑布，想起李白的“飞流直下三千尺，疑是银河落九天”时，我们将会抛去所有的愁苦、烦恼，豪气、愉悦、恬静会充溢心灵。

来一次旅行，不单单是满足眼界。当你抱着放松自己的心态去旅行，去寻找最真实的自己、最简单的自己、最轻松的自己，可以卸下所有的防备、所有的面具，去享受一场心灵的盛宴，和大自然来一个最温馨的拥抱。

旅行是一场心灵的救赎。当尘世的纷扰、情感的困惑、工作的压力一起向你袭来时，不要再假装坚强，不要再委屈自己戴着面具生活，去自然界感受一下鸟语花香，欣赏一下日落的黄昏。也许那些一直困扰自己的感情或工作问题，都会在灵光乍现的一刻得到解答，这就是大自然给你的最好答案。

独自去旅行吧，看看清风明月，看看行云流水，静静地去感受一下春雨的妩媚、夏风的热情、秋阳的羞涩、冬雪的浪漫。让每一个日出日落变得诗意起来，在每一次暮鼓晨钟中感受生命的美好。

在路上，遇到不同的风景、不同的人，体验着不同的人生经历；让“在路上”从一种状态变成一种人生态度，向着远方和内心，起程。

背起行囊，独自旅行，做孤独的散步者。

——［德国］黑格尔

人生，需要用真心去演绎

人，匆匆来，匆匆去。人生在世，只不过是过路的旅客。的确，人是不可能永远活在世上的。无论你是帝王将相，还是普通百姓；无论你是超级富豪，还是一介平民，都无法逃脱人生之大限——死亡。我们每个人都无法主宰自己的生死，但我们可以把人生过得更有意义。

一个人只有在了解了生命的价值，知道了生存的意义，明白了自己的生活方向之后，才能真正看破生死。

死亡是一个结果，生活是一个过程，既然结果已经注定，为何不好好地享受过程。

面对无法回头的人生，我们只能做三件事：认真地选择，不要给自己留下任何遗憾；如果做了错误的选择，也要理智地面对它，看看有没有机会可以改变什么；即使什么都不能改变，也不要怨天尤人，接受现实，勇敢地向前走。

虽然我们都是生命的过客，但生命需要用真心去演绎，我们要尽全力走好每一步，让我们生命的道路成为美的极致。

人生在世，只不过是过路的旅客。

——［意大利］阿奎那

衡量幸福的标准在自己心中

活得糊涂的人，容易幸福；活得太清醒的人，容易烦恼。清醒的人看得太真切，凡事太过较真，烦恼无处不在；而糊涂的人，不知如何计较，虽然简单粗糙，却觅得人生的大境界。我们喜欢仰慕着别人的幸福，乍一回首，却发现自己也被别人仰望着、羡慕着。

人生在世，不需要表面的浮华，只求内心的安宁和实在，不追求不切实际的浪漫，只要生活平淡和安稳，便是人生最大的幸福。

总之，你觉得你有多幸福你就有多幸福，幸福与不幸福都在自己的心中。

对于大多数人来说，他们认定自己有多幸福，就有多幸福。

——［美国］林肯

人生路上不孤单

人的一生有很长的路要走，幸福的时候，我们需要朋友来分享；患难的时候，我们更需要朋友来安慰。

有位哲人说：两个人分担一份痛苦，那就只有半份痛苦；两个人分享一份快乐，则有两份快乐。当你陷入困境、困窘、急迫之时，忽然得到朋友的真诚帮助，即使只是平常的一句安慰、鼓励的话语，你的心情会怎样，是否会觉得一股暖流从心底生起，于是充满信心，浑身是劲儿？当你获得成功，欣喜万分时，若得到朋友的真心祝福，你的心情又会怎样，是否感觉到很幸福？

因此，我们的人生需要友情，需要朋友。真正的快乐，不在于朋友多少，而在于是否真心相对。

友谊是一种默契，是一种历经沧桑也不会被改变的信念。人生路上，我们要寻求知心的朋友，才能真正享受友情的乐趣。

远离孤独，自信满满，使你的人生道路越走越宽广。当你有了知心朋友，当你在工作上充满自信，你的事业便如虎添翼，你就又向成功靠近了一点。

幸福的时候需要忠诚的友谊，患难的时刻尤其需要。

——［古罗马］塞涅卡

去冒险，去遇见

去体验人生，勇敢地去体验吧。

不要如同过客一样仅用双眼观望然后就离去，而是要用自己的全部身心去深入体验自己的人生。

这并非简单地体验人生，而是要用心地经历，深刻地体会，将自己的全部身心投入自己的人生当中。

这是由于你的人生就是你的生命之旅。

你的人生就是你的生命之旅。

——［德国］尼采

活出自己的人生价值

每个人的人生都各不相同，每个人都有不同的人生经历。有的人轰轰烈烈，事业有成；有的人一生无所作为，庸庸碌碌；有的人苟且偷生，身背骂名；有的人献身正义，虽死犹生……

生命之于每个人都只有一次。我们无法乞求更长久的生命，但是可以拥有更多彩的生活，更充实的人生旅程。

我们可以在这个过程中，遇到不同的人，感受不同的生命，幻想不同的故事，羡慕不同的经历，挖掘不同的人生，更多地去体验生命中的悲喜，让我们的日子更有分量。

事实上，有些人虽然活得长寿，但真正好好活着的时间却是那么短暂，因为时间绝不是最重要的因素。把一块画布画得满满的，它不一定是一幅好看的画。同样，活着的岁月很长也不一定能活得很有价值。所以，关键不在于活了多久，而在于如何享受这些活着的日子！

生命的价值不在于活多少天，而在于如何使用这些日子。

——［法国］蒙田

健康是一生的资本

“在一切幸福中，人的健康胜过其他幸福。我们可以说一个身体健康的乞丐要比疾病缠身的国王幸福得多。”

人们常说：“健康不是一切，但没有了健康，也就没有了一切。”一个人如果失去了健康，则生活索然、效率锐减，对一切失去兴趣和热忱，生命变得黑暗愁惨。

只有愚昧的人才会为了其他的幸福牺牲健康。不管其他幸福是功、名、利、禄、学识，还是过眼烟云似的感官享受，世间没有任何事比健康更重要了。

没有健康的身心一切无从谈起，也无法实现。没有健康，便失去了快乐。人世间有许许多多的道理，在这些道理中，真正的硬道理只有一个，那就是人的健康和生命。

能够拥有一副健全的身体、饱满的精神，真是一种快乐、一种幸福！健康，是我们一生的资本，你如果珍爱生活，那么你就一定要珍爱健康。

健康，只能靠我们自己去维护。

健康的身体是灵魂的客厅，病弱的身体是灵魂的监狱。

——［英国］培根

努力自爱

倘若你发现自己出现了以下状况：打算与尽可能多的人维持友谊，急于和刚结识的人成为朋友，孤独一人时感觉不安，这些都说明你正处于一种危险状态。

试想，你的行为均表明你希望从他人身上获得更多的安全感，打算从他人身上找到关于真正的自我的答案，这说明你之所以在内心深处产生孤独感和不自信，归根结底是因为你无法做到自爱，你不希望和自己为伍。

实际上，狂欢不过是一群人的寂寞，于你而言，再多的“速食朋友”也无法缓解内心的孤独。因此，你唯一可做的就是努力让自己爱上自己。

这件事一定要靠个人努力，要让自己埋头于热爱的某件事之中，要靠个人的力量全身心地打拼，朝着自己的目标前进。如此一来，你才能让心脏成为你全身最强健的肌肉。

爱自己是终身浪漫的开始。

——［英国］王尔德

一个人的跋涉

要勇往直前！你历经艰苦来到此地，万万不可经常回望从前，继续前行吧。

请保持勇气和无惧之心，就算你身后一位追随者都没有，也没有一个知心朋友，仅剩你孤独一人。

只有你一人来到此地，不过此地并非目的地，只不过是中转站罢了。请不停地前行吧，就算目的地是人迹未至之地。

因为渺无人烟的沙漠还不曾看到尽头。

每个人都是一座孤岛。

——［美国］梭罗

不必『谦虚』，只管骄傲

我们正在讨论的人性中的愚昧之处有三点：贪婪、虚荣、骄傲。虚荣和骄傲的区别在于，骄傲是坚信自己在某一特殊方面具有超常的品质，而虚荣则是渴望他人相信自己具有这种超常的品质，通常还伴随着一种隐秘的希望——希望通过唤起别人的坚信，最终完全恢复自己的确信。

骄傲存在于内，是直接的自我欣赏，虚荣则是从外希求达到这种自我欣赏。所以我们可以看到，虚荣心强的人巧言令色，妄自尊大，而又沉默寡言。爱慕虚荣的人知道，相比喋喋不休，保持沉默更容易得到他人的称赞，虽然他自己有更好的东西可说。所以，任何想假装骄傲的人都不会是狂妄自大的人。但他很快就会同其他人一样，具有这种虚构的性格。

人们只有确信自己具有杰出的品质和特殊的价值，才会产生严格意义上的骄狂——这无疑是一种错误的确信，这种确信或许是因为偶然的或一贯的性格优势；尽管如此，只要骄傲存在，骄傲便仍然是骄傲。因为骄傲是以确信为基础的，它和没有经过我们自己仲裁的所有其他形式的知识非常像。

有一句极妙的阿拉伯格言说，“与奴隶开玩笑，他就会不尊重你”。我们还要注意贺拉斯说过的话：“接受你应得的名誉。”如果谦虚这一美德包含虚构的成分，那无疑对愚人是极其有利的；因为我们希望人们在谈到自己时依据的都是我们表面上的样子，谦虚实际上正在拉平人们之间的差距，好像这个世界上只有傻瓜似的。

不必“谦虚”，只管骄傲。

——［德国］叔本华

在这里，我坚定地认为夜晚是尤其要防范的。因为黑暗会让我们胆小如鼠，好像到处都有游荡的幽灵，这就像思想暧昧晦暗时发生的情况那样；那摇曳不定、忽明忽暗的灯光常使人胆战心惊，感到危机四伏。所以，在我们思想松弛、判断力衰退的夜晚——此时，夜好像显得更加深沉，我们的心智就会变得呆滞，容易产生混淆，不能把握事物的本质；在这种情形下，如果我们思考关乎我们个人利益的事物时，这些事物的形象就会变得危险而恐怖。深夜，我们躺在床上时经常会出现这种情形；因为，此时精神上已彻底松弛，判断力也无法起作用了，但想象力却还是那么清醒活跃。黑夜给所有事物都蒙上了一层纱幕，让人看不分明。

这就是在我们入睡前或处于似睡非睡状态时，我们的思想经常如此混乱并把梦境和现实相互颠倒的原因。这时，我们的心思倘若专注于我们自己的事情，这些事情通常就会显得非常险恶可怕。而所有这些恐怖感一到早晨，就会如同梦幻一般烟消云散，就像一则西班牙谚语所说的那样：夜晚是五彩斑斓的，而白昼是无色透明的。

就算是在暮霭笼罩的黄昏，只要燃起烛光，思想就会如同眼睛那样，看事物不再像白天那么清晰；此时，不适合进行严肃的沉思，特别是不适合思考那些使人不悦的问题。只有清晨才是沉思的最佳时机——当然，也需尽心竭力，不管是心理上的还是生理上的。因为，早晨是一天的开始，所有事物都清新自然、生机勃勃，此时，我们会觉得自己强健有力，能够自如操控各种能力。所以，要对早晨的宝贵时光加以珍惜，不能贪睡偷懒，不能在无益的琐事或无聊的空谈中消磨它。

在某种程度上，清晨时光就是生命的本质。我们的所有言谈举止都仿佛进入了老年：头昏眼花，无精打采，唠唠叨叨，等等。每一天都是一次短暂的人生：万物苏醒、重获新生，每一个清晨都是一次开始，然后，万物都要静止安寝，睡眠就像一次短暂的死亡。

然而，诸如睡眠、健康、饮食、气候、温度、环境等条件完全是外在因素，通常来讲，会对我们的情绪乃至思想造成重大的影响。所以，时间和空间在很大程度上不仅制约着我们对事物的看法，还制约着我们的行为举止。

因此，一定要珍惜愉悦的心境，它是如此难得！对于我们周围的世界，我们不可能随便产生新的观点或自由发挥独特的思维：一切都必须遵循自然。因此，我们的相关个人事务也是这样，尽管我们已经做到了事先考虑并尽量使其实现，然而，我们依旧未必能抓住时机对它加以掌控。因为，思绪时常会突然活跃起来，即使没有任何外在契机的刺激；此时，我们可能会因强烈的兴趣任其在头脑里疯狂地奔腾。在这种情势中，我们往往情不自禁。

我所述的这种对想象的抑制，可以阻止我们扬起记忆的风帆，向令人痛苦的过往驶去，或者对我们曾经遭遇的伤害、不公、侮辱、蔑视和烦恼等损失加以淡化；因为，这样做可以使我们的精神振奋、开始充满生机的新生活，而那些可恶的情感记忆——特别是腐蚀和摧毁我们品性的愤怒和怨恨的情感——将被永远埋葬。

每个清晨都是新的开始。

——［德国］叔本华

后记

将《今天有好事发生》从最初的想法到最终变成一本捧在手中的书，对我们编辑团队而言，是一次充满“信念”的旅程。

我们心中反复思量：若要打造一本既让人感到舒适又充满力量的书籍，它应当具备怎样的特质？随着时间的推移，我们逐渐领悟到——无须过于煽情，也无须过分教条，只需内容真诚、富有分量，且不让人感到沉重，或许这就足够了。

在内容筛选阶段，我们精心挑选了丰子恺、李叔同、夏丏尊、老舍、朱自清、戴望舒、郑振铎、周作人、萧红等名家的经典文章，以及中外名家的哲思金句。鉴于这些素材的篇幅长短不一，兼顾版面问题，一并在此予以说明。

这些素材虽源自不同时代、不同国度，却共同围绕一个核心主题：在平凡的生活中发现真实的感受，在真实的感受中汲取重新出发的力量。

我们有意避开了名家作品中那些晦涩难懂的部分，保留了贴近日常生活的细节。例如，老舍笔下的老北京风情、周作人描绘的一草一木，这些看似寻常的景象，或许能与读者的某段记忆产生共鸣。我们始终认为，真正的治愈并非逃避问题，而是学会在琐碎生活中找到继续前行的力量。

至于本书的插图部分——姑苏阿焦的画作不刻意追求精致，反而保留了许多生活本真的模样。我们希望通过这些画作传达给读者：偶尔放慢脚步并非坏事，以自己喜爱的方式生活才是至关重要的。

最后，借一句禅语——“日日是好日”，献给所有读者，愿我们在每一个平凡的日子里，都能遇见美好的事。